AF131504

Du même auteur, en poésie :

EAUX DE GAMME, Le Temps Parallèle Editions, 1983 (disponible en livre numérique, au format Pdf et e-Book, sur les sites en ligne des librairies : FNAC, DECITRE, CULTURA en France et RENAUD-BRAY au Canada)

EN PIERRE D'ACHEVEMENT, Collection Polder de la revue « Décharge », 1982 (épuisé ; recueil remarqué par le jury du prix Charles VILDRAC de la Société des Gens de Lettres - SGDL)

CHEMINS SANS RIDELLES, Editions L'Espavantau, 1979 (épuisé)

FLAQUES DECHIREES, Editions Les Paragraphes Littéraires de Paris, 1978 (épuisé)

LE FESTIN DES LANTERNES

ALAIN ARNAUD

LE FESTIN DES LANTERNES

ROMAN

Photo de couverture : Maryvonne ARNAUD

Edition : BoD - Books on Demand
12/14 rond-point des Champs Elysées
75008 Paris
Imprimé par BoD – Books on Demand, Norderstedt,
Allemagne
ISBN : 978-2-322-090-648
Dépôt légal : Décembre 2018

Si tu veux connaître ta vie passée
regarde ta situation présente.
Si tu veux connaître ta vie future
regarde tes actions présentes.

Proverbe bouddhiste

L'éveil de la mémoire

Il arrive que j'y repense. Je n'étais pas sûr d'avoir fait le bon choix ce jour-là, lorsque je me suis arrêté au bord de la route pour me soulager contre un chêne, et ceci malgré un jet spontané et dru. Malgré les apparences…

Il est des moments rares de la vie où plusieurs directions s'offrent à vous, où le présent percute de plein fouet le passé et vous laisse groggy au bord d'une route, incapable de réagir. Et l'impression absurde que l'avenir pouvait dépendre du jet d'urine qui fait un affront au chêne. On a beau avoir la certitude de tenir fermement le manche, de maîtriser ses actes et de choisir les jours qui restent à perdre ou à gagner, il arrive encore que l'on hésite, que l'on doute, que l'on s'égare un peu.

Ce jour-là, le pied du chêne était déjà bien humide. J'aurais pu m'éloigner de l'arbre, le contourner ou l'ignorer. Non, j'ai continué de le souiller. Ensuite, c'est comme si la foudre m'avait tout à coup traversé, sans aucun signe annonciateur d'orage. Et j'ai eu le choix entre plusieurs issues. Oh ! Seulement trois, en réalité : La tentation de rejoindre un amour tenace mais figé dans le lointain de ma jeunesse, ou celle d'embrasser de nouveau la carrière de journaliste que j'avais lâchement délaissée. Ou encore, emporté par la force naïve de mon jet ammoniaqué : persister dans la voie médiane, rester moi-même avec mes hésitations et mes regrets, obstiné comme le chêne qui me tenait front. Et continuer ma route dans mon habit rassurant de professionnel, expert dans la publicité.

Peut-être aurais-je mieux fait de retenir mon envie d'uriner ce jour-là. Ou de presser la bête dans l'urgence et fuir avec mon envie à peine entamée. Toujours est-il que je n'ai pas su tourner le dos à temps, et j'ai refait le chemin tortueux de la mémoire ponctué de traumatismes. Oui, je me serais au moins épargné ces moments où l'ardeur faillit et laisse place à l'interrogation, à la perplexité. Ce passage étriqué où l'on s'écorche au doute et au passé, où l'on dérive malgré soi cependant que la confiance vacille. Mais peut-être était-ce ma destinée, un moment révélateur d'avenir.

J'avais besoin d'y réfléchir encore - les caprices de la vessie ne suffisent pas pour éclairer ma lanterne -, et de m'en expliquer. Il me faut, pour cela, revenir sur mes pas et reprendre l'histoire à son début...

La veille en ville

Paris, la veille. Les lumières font un grand feu sur la ville. Rue Santos-Dumont, quelques fenêtres sont encore éclairées. À peine rentré d'un voyage, je prépare mes affaires pour un nouveau départ. L'enthousiasme n'y est pas.

Je songe à ma dernière compagne. Voilà six mois qu'elle est partie. Et chaque fois que je reviens, même après un bref voyage, je ressens une impression d'absence et de léger désordre dans l'appartement. Les journaux empilés sur la table. Le linge sale. La poussière et l'odeur de renfermé. Le vase en cristal près de l'entrée, désespérément vide. J'avais l'habitude d'y déposer les fleurs en rentrant, jusqu'à ce qu'elle parte. Ses empreintes de femme recouvertes par le temps. Même son fantôme a disparu, et je me sens seul. Peut-être que je ne sais pas garder une femme !

À trente-quatre ans, je gagne ma vie dans la publicité après avoir débuté dans le journalisme. Des débuts modestes au ras du sable, à cause des plages initiatiques dont je reparlerai, et six années sans relief dans la presse écrite qui vont influencer mon comportement dans l'histoire. Aujourd'hui, je n'ai plus à vrai dire de soucis matériels. J'occupe un confortable appartement dans le quinzième arrondissement.

Dès ma descente d'avion au retour de Munich, j'ai appelé Pascal. Depuis le temps que l'on travaille ensemble, on est devenus amis et complices. On se comprend à demi-mot. Il est brillant, du genre fonceur. Aussitôt il a senti que le moral n'allait pas fort. La fatigue, un peu de surmenage, ai-je dit.

Pascal m'a confirmé que tout était en ordre pour mon voyage du lendemain, à Cannes. Les rendez-vous et les billets d'avion, la voiture de location et l'hôtel, tous ces détails qui comptent. Si tu n'es pas en forme, dit-il, j'y vais à ta place. Je suis vexé. Je lui mettrais bien une baffe.

Il est tard. Je n'ai pas sommeil. Après une douche, le peignoir sur le dos, j'erre d'une pièce à l'autre pendant que l'orchestre joue du Beethoven pour moi seul. Je baisse le son de ma chaîne Hi-fi. Par la fenêtre entrouverte me parviennent des voix ; rires et claquements de portières. Je me penche. Les lumières tournoient sur la ville comme un vol d'insectes. Le voile gris du ciel se relève lentement. Une voiture démarre. J'imagine la joie à bord. Et les feux rouges du véhicule disparaissent brusquement à l'angle de la rue.

Plus que d'habitude, en ouvrant mon grand placard, le passé me revient comme un haut-le-cœur. Mes archives en désordre gagnent du terrain au fil des ans. Une odeur étrange s'en dégage. C'est peut-être de là que vient cette nuance de renfermé qui envahit l'appartement en mon absence.

J'empile lettres et cahiers, articles de presse, ordonnances, photos, bulletins de salaires et factures, le tout sans chronologie ni intention précise. Le prix de ma sueur, simple témoignage de mon vécu, de mes actes. Et un peu pour me rassurer, garder des traces et rassembler des pièces, sans conviction définitive. Non, je ne saurais dire si de bonnes raisons justifient mon comportement. C'est un peu mon casier judiciaire privé.

Une grande enveloppe brune dépasse de la pile. Je la retire de l'étagère, à la recherche d'une meilleure place. À l'intérieur, la feuille épaisse et flexible d'un cliché de radiographie. Je la sors entièrement. Une longue forme blanche paraît en transparence sous la lampe. Une sorte d'anguille et son arête centrale. C'est mon index droit sur la radio, à l'aube maladive de mes dix-sept ans. Mon doigt souffre-douleur ! Celui du pus invisible et des sondes africaines, de la barbarie du chirurgien, chef de clinique ventripotent.

Ce doigt épinglé par la mer et ses morsures, un vrai joyau de la médecine ! L'index que sœur Anaïs ranimait sous l'éventail de ses mains délicates, qu'elle enveloppait dans les algues vertes de son regard. Il lui appartenait comme on donne sa main à celle que l'on aime.

C'est étrange, ce portrait fidèle de l'index qui me revient dix-sept ans plus tard, avec le mal encore à l'intérieur. Le renflement à la jonction des phalanges, la ligne brisée des os qui commencent à se dissoudre. L'enveloppe dilatée du doigt comme du verre soufflé. Une image cassante toujours aussi nette, terriblement attristante.

Je poursuis au hasard ma fouille des archives. Des lettres un peu ternies, poussiéreuses. J'avais oublié les témoignages d'amour, des élans passionnés que je ne méritais pas toujours. Et d'autres échanges épistolaires avec poètes et écrivains, lorsque j'avais cru un temps faire partie de leur monde. Et aussi un coffret rempli de vieilles photos. Des copains du lycée. Les filles d'un été. La mode ridicule d'alors ! La nostalgie des rencontres d'antan. Que sont-ils devenus ? Et, sur une petite photo en noir et blanc, deux visages soudés dans le bonheur.

Je me souviens de la prise de vue, à Marseille. On avait réglé la hauteur du siège et tiré le rideau. Puis on a regardé le miroir, Marise et moi, joue contre joue. L'éclair du photomaton nous a mariés plusieurs fois de suite pendant que sur la place Castellane proche, la fontaine Cantini déversait au soleil des gerbes de riz évanescentes.

Le sourire encore intact de Marise sur la photo. Les étincelles humides dans ses yeux, une légère fossette au milieu des joues. Et sa manière d'ouvrir la bouche, de happer la vie à vingt et un ans. Non, son amour dévorant de la vie n'avait pas pris une ride.

Au téléphone, Pascal m'a recommandé le trajet direct de Cannes à Marseille demain, d'un rendez-vous à l'autre par l'autoroute. Je crois que je ne suivrai pas son conseil. Je prendrai la route buissonnière.

La traversée du lendemain

C'est là que la mer bat, dans les calanques. Et là aussi, tout près, derrière les tamaris et les lauriers roses, la Méditerranée ! C'est là qu'elle chahute, la garce, qu'elle provoque. Qu'elle se frotte au massif des Maures, ces montagnes nonchalantes, apaisées.

Les Maures, c'est la montagne sans sa prétention. La chaleur du silence et la peau qui craque en été. Le vert magique et fuyant sur ses flancs, un heureux mélange du pin, du chêne et du châtaignier. Des collines douces et paresseuses qui s'épaulent entre elles. Elles ronronnent doucement au coucher du soleil. Elles font le dos rond quand le mistral rugit. Sans en avoir l'air, elles esquivent et tiennent bon.

Ces collines qui résistent, je les connais bien. Autrefois je les ai fréquentées. Certes, il y a longtemps, mais il me semble encore que c'est aujourd'hui.

La mer change avec sa bougeotte, mais pas les Maures. Des collines raisonnables, sereines. Le front penché sur le grand bassin bleu, elles regardent passer les saisons, et la permanence de leur reflet s'inscrit sur les vagues, avenant comme un sourire.

Les Maures donc, et l'ombre du soir jetée sur la vallée. Déjà, elle mouille la route devant moi. J'avance vers la rougeur posée sur les sommets, vers cette odeur de miel qui dégouline si fort le long des crêtes au moment de l'automne. Une odeur qui jaillit dans le bâillement flamboyant des collines. La lumière et ses nuances se réduisent avec le soir, mais pas les odeurs.

La route est droite et longue. Pourtant je ralentis. Peut-être le refus d'une course insensée contre le temps, des heures tirées au cordeau, des rendez-vous minutés. Je ressens le relâchement des collines alentour, leur appel au calme.

L'obsession de la montre, c'est un mal de la ville. Pris en orbite autour du poignet, on ne fait plus qu'effleurer le monde. C'est à peine si l'on remarque ceux qui nous entourent. Alors, la constellation des secondes qui éclate ce soir dans le ciel rougeoyant, c'est un peu de ma vie qui se disperse. Et je résiste volontiers à l'urgence qui porte en elle sa propre destruction.

Au reflet de mes phares dans la véranda de l'auberge, je sais qu'on est à La Môle. À peine quelques maisons en bordure de route, l'église, un pont sur la rivière. Un village que j'ai toujours traversé au même endroit sans m'attarder. Malgré ma retenue, les maisons se resserrent déjà dans le rétroviseur. Le mirage reste à demeure ; j'ai perdu la lueur de ma fuite dans la véranda, tandis que ma voiture s'enfonce dans la nuit accueillante de la forêt du Dom.

Sur la route

La réunion de travail à peine terminée en fin d'après-midi, j'avais quitté Cannes avec un sentiment mitigé. Derrière moi, l'accord passé avec une agence locale de publicité. Et devant, la perspective de traverser le massif des Maures où nichent encore tant de souvenirs. Entre les deux, un vide où surgissent par moments, comme des écueils indésirables, un peu de lassitude et de mélancolie.

La nuit relie maintenant les ombres entre elles, et le bitume se resserre entre les arbres de la forêt. J'ai l'impression d'avoir perdu la confiance des collines où je faisais autrefois des cabanes dans les chênes, des postes de guet sur les branches des grands pins parasols. Brusquement, je traverse la route vers un terre-plein, influencé par un picotement à la vessie.

Pendant que je palpe l'écorce du gros chêne qui me sert d'appui, la flaque grandit à mes pieds. Au sommet du tronc, un paquet de nerfs se relâche et rejoint la nuit unique des Maures, une nuit embaumée d'oiseaux blottis dans les feuillages et d'étoiles qui s'ouvrent comme des fleurs nouvelles. Les odeurs familières me reviennent lentement du lointain de mon enfance. Le souffle inimitable de la forêt. On entend aussi le glissement de couleuvre de la rivière en contrebas, derrière l'écran des fougères.

La paix des collines commence ici, au pied du vieux chêne.

Un chemin creux contourne le terre-plein et s'enfonce vers la rivière. Je remarque une masse étrange dans la pente. Des touffes d'herbe arrachées, des traces de pneus. C'est là que la voiture a basculé avant de s'écraser sur le toit. Sous le choc, la tôle plie. Les vitres explosent. J'imagine facilement l'accident, mais c'est le silence autour qui me trouble le plus. Un silence fermé, angoissant. Et ce fardeau qui dérange, les roues enlisées dans les fumerolles de brume qui montent entre les plis de la vallée.

Sur l'autre versant du cours d'eau, il y a des maisons habitées. Je pourrais crier, appeler à l'aide. Je me retiens. Je regarde mon véhicule derrière moi. La clé de contact est sur le tableau de bord. Il suffirait d'un quart de tour, de s'assurer un instant du grondement régulier du moteur, de pousser un levier et sentir le sifflement de l'air sur la carrosserie. La forêt du Dom, l'enchaînement des virages, la route libre comme avant, en direction de Toulon puis de Marseille.

J'ouvre la portière de ma voiture. Je m'installe sur le siège. Le pare-brise est déjà recouvert de buée. Dans la boîte à gants, il y a des ampoules de rechange, le contrat de location mais pas de lampe de poche. Je ressors, mon briquet à la main. À l'extrémité du terre-plein, je pousse du pied quelques cailloux. Ils dévalent la pente, frappent contre l'épave renversée sur le chemin. Rien ne bouge. La voiture existe bien, dans cette position anormale qui fait naître la frayeur et imaginer le pire. Je tends l'oreille vers la route, à l'affût d'un renfort de passage. Rien.

Gamin, j'étais à l'aise dans les bois. Avec mes camarades, on écumait les collines, et la nuit nous surprenait souvent. On revenait fourbus et sales, bras et genoux écorchés, mais fiers de nos exploits qui n'étaient que des jeux d'enfants. C'est en pensant au courage inconscient de cet âge que je me suis approché de la voiture accidentée.

La flamme courte du briquet tremble contre la vitre. Elle vacille, se déplace très vite et creuse à peine l'obscurité derrière les portières closes. Pourtant, je relève la tête avec un immense soulagement. Personne à l'intérieur. Le silence peut revenir ronger la carcasse abandonnée. J'ai envie de me moquer de ma peur. J'ai envie d'appeler les gens de l'autre côté de la rivière, de rire aux éclats, d'aller à leur rencontre.

Plus bas, dans le chemin, mon briquet s'éteint. Et la nuit se serre contre moi. La fraîcheur du sous-bois, le clapotis de l'eau, l'obscurité qui me freine. Je refais la flamme et n'ose faire un pas de plus, comme si la rivière me traçait une frontière. Quelqu'un a pu s'extraire de la voiture et ramper jusqu'à ce bruit d'eau. Que faire ?

Je reviens vers l'épave. Ses contours m'apparaissent désormais avec netteté, moins impressionnants. Le toit embouti, le pare-brise éclaté. Le silence tragique de la forêt s'est glissé sous le châssis comme sous une jupe. Une voiture de la même société de location que la mienne, prisonnière d'une toile qui ne la relâchera qu'à l'aube et personne ne peut rien y changer. Une prise insolite !

Sous la lueur du briquet tendu à travers le pare-brise, les sièges renversés ressemblent à des chauves-souris géantes. Des objets sont tombés pêle-mêle. Un paquet de Kleenex. Un livre épais posé sur la tranche, un gant de cuir noir coincé entre les pages. Je sors l'ouvrage, par curiosité.

Malgré la flamme courte, je peux lire sur la couverture blanche: « Le testament amoureux » de l'écrivain R. Le texte au verso finit ainsi : « R., 52 ans. D'origine russo-persane. Il vit avec sa femme dans le sud de la France depuis une vingtaine d'années. » Et l'inscription au bas : « 81-IX », une date récente.

Est-ce pour oublier le livre que j'enfile le gant à la main droite ? L'intérieur est humide. Peut-être l'humidité du soir, à moins que ce ne soit du sang ! Il épouse si bien la forme de mes doigts que même l'index mutilé y a trouvé sa place. Et il se produit alors une étrange confusion dans ma tête, une sorte de tourbillon qui mélange présent et passé, réalité et souvenirs.

Muni de ce gant qui ressemble au mien, je continue néanmoins de fouiller l'épave de la nuit sans laisser de traces.

Une épreuve d'adolescent

C'était il y a longtemps ! Un grillage très haut devant la mer. Et moi, appuyé au grillage. A travers les mailles, je regarde les vagues battre les rochers, et les plus faibles se dissoudre bien avant. La réverbération du soleil me fait cligner des yeux.

Derrière moi, il y a la cour du lycée technique, les rires et les cris des élèves. Par moments, une voix s'élève au-dessus des autres. Je la reconnais. Je connais toutes les voix, mais je ne les écoute pas. J'ai perdu l'envie de les écouter.

Appuyé au grillage, je n'entends que la mer. Je glisse sur les vagues qui me ramènent sans cesse sur le rivage, à la réalité. Et si je lève parfois les yeux vers ma main droite prise dans les mailles, je ne vois que le pansement parasite sur l'index meurtri. Un bâillon insupportable à cet âge ! Et la tristesse renaît aussitôt.

Appuyé ainsi au grillage, je n'ai que dix-sept ans. Depuis, j'ai doublé la mise.

Un livre comme passager

La route monte encore, vers une sorte d'océan noyé dans le ciel. Et cet océan vient border le massif des Maures, île indolente qui fond lentement dans la brume.

Dans le chaos silencieux de la nuit, quelque chose remue en moi, cherche à percer. Les odeurs du dehors, la fraîcheur du soir, l'incertitude et le doute, tout me contrarie. Je relève la vitre d'un geste nerveux comme pour trancher des racines qui tenteraient de me retenir.

Je l'avais pourtant choisie cette traversée des Maures, contre l'avis de Pascal. J'ai voulu refaire d'un trait de voiture l'étendue mouvementée des lieux de ma jeunesse, l'effleurer à peine comme on caresse la nuque d'un enfant. Et voilà que j'en sors tout remué.

Il est là, en place droite, le gros livre blanc, passager atone recueilli en chemin. Victime oubliée d'un accident et du silence ; en même temps un témoignage accablant. Un testament à retardement, un peu souillé de graisse. Il ne bouge pas, ne se plaint pas ; paisible malgré le discours de 548 pages qu'il tient en réserve. Il est là comme un troubadour qui va conter son histoire par-delà les collines et les frontières, porter la bonne parole. Toujours la même histoire, mais jamais semblable, une histoire susurrée en tête-à-tête. Une longue confidence que chacun accueillera à sa manière.

Avant de le prendre à bord, j'ai contrôlé ses papiers. Naissance le 21 septembre 1981 sur presse Cameron à Saint-Amand-Montrond dans le Cher... Je ne sais pas s'il est hors d'état de nuire, ni s'il est recherché. Encore moins à qui il appartient !

Ce livre, je ne l'ai pas lu et j'ai déjà l'impression de le connaître un peu. Sans doute à cause de son auteur. Un écrivain que j'avais tenté de rencontrer autrefois, alors que j'avais encore des velléités littéraires. J'étais jeune journaliste de province, un peu inconscient et aventureux sans doute.

Etait-ce un avertissement du destin ? En fouillant mon placard aux archives, la veille, j'avais parcouru une missive oubliée, rédigée de la main de l'écrivain R. Sa réponse à ma demande écrite tenait en

quelques phrases expéditives qui sont pourtant res-
tées dans ma mémoire, depuis lors, comme une vague
déception :

« Monsieur,

Je pars pour quelques mois écrire en Italie. À
mon retour je vous ferai signe. Mais de toute façon je
ne tiens pas à donner d'entretien. Vous savez ma
vie… Je tiens à rester à l'écart et à ne pas m'en expliquer…

Merci d'avoir pensé à moi.

Bien cordialement à vous.

R. »

Il n'y eut pas d'autre signe par la suite, aucune réponse tangible à ma demande d'entretien. Et
comment ne pas sourire alors que sa vie est empilée
là, page après page, sur le siège passager, si j'en crois
la dernière de couverture : « Voilà l'histoire de ma vie,
elle recouvre un demi-siècle… »

Est-ce une réponse tardive à ma lettre ? Un
demi-siècle de réponse ! Plus que n'en contient ma
propre vie. Je n'en demandais pas autant.

A la page tourmentée de mes dix-sept ans

Que l'on ait lu ou pas un livre, même lorsqu'il
se tait, il lui reste des paroles au bord des lèvres. Une
sorte de chuchotement continu, l'écho persistant
d'une plainte au fond d'une malle. Et sur la couverture, des mots en éclaireurs qui drainent l'attention
avec leurs clins d'œil fugaces.

Sur le dos cartonné de mon passager, je
lis que « les images de notre mémoire ont besoin de
soin et d'entretien… ». Et j'éprouve aussitôt un sentiment de culpabilité.

Qu'ai-je fait pour entretenir le contenu de ma mémoire ? Je vais toujours de l'avant sans but précis, croyant bien agir. Est-ce pour fuir le présent, pour échapper au cachot des souvenirs, à ma jeunesse vagabonde, à mon passé butineur ? Certes, je n'ai guère de temps pour une fuite en arrière. Mais ce soir, ma mémoire s'emballe pour se bloquer chaque fois sur le compteur de mes dix-sept ans.

On ne joue pas ses souvenirs à la roulette !

Et voilà les images de mes dix-sept ans soumises malgré moi à des soins intensifs ! La page s'ouvre sur l'été, parmi l'éclat des jours et les senteurs féminines. Les battements plus forts du sang, le besoin instinctif de fête. Et une irrésistible poussée de sève lorsque surgissent de toutes parts des filles légèrement vêtues, au bronzage doré. Un été d'insouciance et de plaisir comme le sont les étés d'un adolescent sur la Côte d'Azur.

Soyons clairs, ces rencontres ne doivent rien à la débauche ni au vice. Non, chacune a la sincérité brève des amours de vacances. Il en restera des sensations, des anecdotes. Parfois l'ébauche d'un conte de fées qui se consumera dès la saison suivante.

De rares fois, l'illusion s'entretient dans un échange de courrier, et l'envoi de photos qui effacent un peu la buée. Tu te souviens, c'était le bonheur ! Puis plus rien. Encore un amour perdu. Ou légèrement embelli par la mémoire.

Ah ! La quête d'un amour perdu, c'est un peu comme un fantasme : on ne le réalise jamais, ou alors il se brise comme du verre dès qu'on le touche. Il déçoit nos espérances car il avait déjà atteint dans le rêve la dimension de la perfection, de l'inaccessible. Lorsqu'on l'approche, il n'existe déjà plus, et j'aurais dû m'en douter.

C'est après un été de la sorte que l'hiver avait dégringolé comme une tuile sur mes dix-sept ans. Un hiver mauvais, pas à cause du temps mais des événements. Et les belles images de cette époque se prennent à mon doigt infirme comme à un rouleau tue-mouches ; elles s'y agglutinent et se déforment, elles provoquent des picotements désagréables.

À dix-sept ans, c'est normal, j'ai besoin de tous mes doigts pour écrire. Ils s'expriment mieux que ma bouche. J'ai aussi besoin de sauver les apparences physiques, car c'est dans le corps des garçons que les filles se mirent à cet âge, qu'elles font jouer leurs désirs.

Alors, je refuse de toutes mes forces les assauts contre mon index, je refuse sa mutilation. C'est sans doute là ma première révolte et mes balbutiements d'adulte.

Un jour pourtant, on a mis sur ma carte d'identité, aux signes particuliers : « cicatrice index droit. » C'était encore au-dessous de la vérité. Mais ces mots terribles s'inscrivaient au fronton de ma vie. Une infirmité définitive, à la vue de tous ! Et les cicatrices couraient partout en moi, comme une vitrine qui se fissure de l'intérieur.

Plus tard, j'ai compris que la vie ne tient pas qu'à un doigt.

Marseille, ville des souvenirs

L'autoroute de Toulon à Marseille. Je pense déjà au rendez-vous avec monsieur Simonpiéri, demain. Et les paroles du patron me reviennent. Soyez prudent, je crains que nous n'ayons affaire à un charlatan. Il en va de notre réputation, songez-y ! Je souris. Toujours la prudence, la crainte de l'inconnu...

Neuf heures du soir. J'aperçois le bonnet de lumière sur Notre-Dame de la Garde, tandis que se dessine peu à peu l'arène immense de la ville sous les néons. Marseille, une ville embrouillée où je ne me suis jamais senti à l'aise. Une ville qui fascine et déroute à la fois.

À mi-chemin de ma vie, j'avais déjà fait le parcours depuis mon village des Maures, l'angoisse au ventre. Préoccupé par mon doigt blessé, j'entrais dans l'univers de l'hôpital et je ne savais pas de quoi serait fait le lendemain. Peut-être vais-je de nouveau croiser Marise dans la ville, comme autrefois. Son regard espiègle, son allure d'entraîneuse sans doute assagie. Est-ce que je la reconnaîtrais ?

Dans le rétroviseur désormais, il n'y a plus de collines ni de voiture renversée. Seulement mon image fatiguée mais sereine. Les yeux cernés, l'ébauche d'un sourire. Je fais un rapide calcul : neuf ans déjà dans la publicité, et des résultats dont je suis fier. Quelques slogans qui se perpétuent dans la bouche des enfants, dans la mémoire collective. Et - qui sait ? - un jour peut-être dans les annales d'un musée !

Ce ne sont pas les sermons du patron et sa prudence maladive qui m'arrêteront. La publicité est une quatrième dimension ! Ne suis-je pas avant tout un marchand de rêves ? Nous vivons dans un monde voué à la séduction, et j'allume volontiers ces étincelles qui mettent le feu au désir.

Mon vrai métier ? Peut-être pyromane des sens. Et si c'était là ma façon d'aimer !

Au seuil d'une nuit d'hôtel

J'ai repéré la croix sur la carte préparée par la secrétaire : Hôtel Ibis, rue de Cassis, dans le quartier du Prado. À peine arrivé, je vais à ma chambre sans manger. C'est tout juste si j'ai aperçu la silhouette maigre du veilleur de nuit. Il m'a tendu la clé sans méfiance, comme si c'était convenu depuis longtemps entre nous. Et sa voix est venue mourir comme une vague : chambre 17. Bonne nuit, monsieur.

Sur le lit à deux places, j'ai posé mes lectures en attente : Affaire Simonpiéri - rendez-vous demain, jeudi 4 octobre à 10 heures, et le livre blanc de l'écrivain R. Je réserve encore mon choix et file sous la douche. Le calme de la chambre ne rappelle en rien la ville, les ombres qui paradent sur les trottoirs, les regards en biais et la musique sur le seuil des bars de nuit, les quartiers animés de la gare Saint-Charles et de l'Opéra, la ronde des prostituées. Et encore moins les traces anciennes de Marise. Il faudrait renverser la ville et filtrer son histoire pour retrouver la belle égarée. Une tâche de titan ! Non, la ville endormie ne parlera pas. La chambre s'est déjà refermée comme un poing.

Il me vient à l'esprit un numéro de téléphone. Je le connais par cœur. Pourtant, je compose lentement chaque chiffre. J'aime ralentir ce minuscule signal qui file comme la foudre et frappe juste, toujours au creux d'une oreille. En quelques instants, il franchit montagnes et océans, jour et nuit inlassablement, et rarement il s'égare. Une magie à laquelle on s'habitue.

Cette fois encore le miracle s'accomplit. Une voix de femme. Allô ! Allô ! Une voix chantante que je connais bien. Allô ! Qui est à l'appareil ? Mon cœur bat un peu plus vite. Je ne réponds pas. J'entends aussi le bruit de la télévision. J'étais certain de l'entendre. Il fait partie des voix de la maison. Une voix impolie, dominatrice.

Furieuse, ma mère raccroche brusquement. Ah ! Elle ne changera pas. Je pose le combiné, heureux d'avoir entendu sa voix dans ma cellule d'isolement, dans une ville trop grande, indifférente. J'ai réalisé un peu tard que je n'avais rien à lui dire, mais sa voix m'a fait du bien. Ou plutôt, je ne voulais pas lui mentir. Alors je l'ai laissée s'énerver toute seule, et elle m'a insulté sans savoir à qui elle avait affaire.

Car comment lui expliquer que j'ai traversé les Maures sans m'arrêter dans le petit village où ils attendent depuis toujours, elle et lui, devant la cheminée ? La braise est là pour la compagnie. On l'habitue doucement à l'arrivée de l'hiver. Mes parents sont assoupis sur le canapé, chacun à sa place. Et le téléviseur diffuse son effet habituel de tisane.

Vraiment, comment leur dire que j'étais pressé, que la route est longue la nuit jusqu'à Marseille, que j'avais un dossier important à étudier à l'hôtel ? Comment refuser sans les vexer la daube réchauffée à petit feu et le vin rosé du pays toujours au frais ? Non, ils ne peuvent pas comprendre tous les deux, dans leur village sans histoire. Ils ne sont pas persécutés par la montre, par le doute et les choix cornéliens. Ils ne sont pas en butte à leur conscience. Non, ils n'ont pas à choisir entre plusieurs directions qui peuvent faire basculer un destin.

Heureux parents ! Leur voie est déjà tracée, et ils ont tout le temps de réchauffer leurs souvenirs devant la cheminée.

Veillée studieuse

Finalement, j'ouvre le dossier Simonpiéri. Il est question de nous proposer un bouchon antibruit, un produit de synthèse mis au point par un laboratoire australien. Le bouchon est souple et sans danger. Il prend la forme du conduit auditif sans coller ni irriter. L'étanchéité est parfaite. Se pourrait-il qu'il limite les soubresauts de la mémoire et empêche les souvenirs d'en sortir ? Est-ce qu'il arrête également les bruits venus de l'intérieur ?

Le même produit étiré en film devient un filtre à poussière. Des filtres à bouche efficaces en ambiance hospitalière et en atmosphère polluée. Un filtre à nez invisible est à l'étude. Le tout est agrémenté de certificats techniques, de courbes d'atténuation de bruit, de mesures du pouvoir filtrant. Un produit révolutionnaire, en somme, et tellement invisible que je finis même par douter de son existence.

Une fois les cartes de monsieur Simonpiéri abattues devant moi, c'est une impression de malaise qui l'emporte. Faut-il lancer sur le marché ce produit antitout ? Un dossier à la démesure de la ville qui m'entoure, de son défi à la raison. Et que penser du personnage, importateur de produits extravagants et joueur émérite sur l'échiquier économique ? Le patron aurait-il eu raison de m'inciter à la plus grande prudence ?

Même la signature de monsieur Simonpiéri m'intrigue. Le S arrogant, disproportionné, prolongé par une écriture illisible qui s'allonge. On dirait la trace gluante d'un serpent qui remue sur la feuille ; sa contorsion accompagnée d'un léger sifflement. Je retire ma main et, d'un coup de genoux, je projette le dossier au loin. Il s'écrase sur la moquette, hors de ma vue, loin des complots et des rumeurs.

Le livre blanc est auprès de moi, sauvé de la nuit et de l'oubli. Un compagnon imprévu, presque réconfortant. « Le testament amoureux » est ainsi revenu dans la lumière des hommes, et j'ai tout à coup le sentiment d'en être le dépositaire. L'amour et la mort y ferraillent dès le titre. Lequel l'emportera ?

Dans le silence feutré de la chambre, je tourne et retourne le livre épais sans savoir comment l'aborder. Il retient son chant de cigale malmenée. Au frémissement du papier, je devine des phrases prêtes à couler, et leur désir d'aveu. Une histoire épaisse comme une forêt est blottie là, entre mes mains, offerte et hésitante. Elle n'attend qu'un signe de ma part.

D'entrée, l'avis au lecteur m'interpelle : « Par application d'une décision de justice, cette édition du Testament amoureux présente la particularité de comporter des blancs en diverses pages. M. Claude Lanzmann, directeur de revue et cinéaste, avait cru devoir, en effet, demander la saisie de l'œuvre de... »

On avait donc tenté une première fois de faire disparaître ce livre. Lui aurait-on aussi tiré dessus lâchement ? Le dos est criblé de minuscules trous regroupés en un dessin harmonieux. En ouvrant la couverture, je reconnais l'empreinte du service de presse : S.P. Et en examinant l'exemplaire gratuit, je songe au destin bizarre de ce livre. Quelles mains de passeur l'ont ramené dans les collines où ses mots ont germé, sur son lieu de naissance où il risquait de finir ses jours, abandonné dans un chemin creux ? Sans mon geste venant à son secours, il aurait pu s'effeuiller doucement au passage de l'automne.

Je bats distraitement ses pages comme un jeu de cartes. Les taches de graisse se déforment un instant sur la tranche. Puis je reviens au début du texte : « J'ai mis une vie à me rétablir tant bien que mal d'une enfance de nulle part traversée de présences fugitives. » Serait-ce la complainte d'un écrivain drapé d'orgueil, centré sur lui-même ? On pourrait croire que les collines des Maures se sont bâties après, autour de lui, autour du livre dont les ondes perpétuent sa parole divinatoire. Et ces pages testamentaires voudraient inscrire sa mémoire dans le massif de l'éternité !

Rapidement, une autre page me remet sur la voie de l'épreuve humaine : « Aujourd'hui me voilà dans cette même sorte d'impasse : il me faut accomplir à l'envers mon chemin, je dois repasser par moi et les miens car ici je bute sur celui que je suis devenu… » Et mon cœur bat un plus fort. C'est donc la piste de la mémoire qu'il faut privilégier. Mais est-il encore temps de revenir en arrière, de réparer les dégâts d'autrefois ?

En agitant le livre, il en tombe un papier sur lequel est griffonné un numéro de téléphone, avec le même préfixe que mes parents. Serait-ce le numéro de l'écrivain sur liste rouge ? Une hypothèse s'impose à moi : Le conducteur de la voiture renversée ne peut être que journaliste. Il allait sans doute à la rencontre de l'écrivain R., tout comme j'ai tenté de le faire autrefois. Et puis me revient à l'esprit le numéro d'immatriculation de la voiture accidentée que j'avais mémorisé par réflexe. Je le note sur le papier tombé du livre blanc.

Mais qu'est devenu le conducteur ? Avait-il des passagers ? Je devrais appeler ce numéro de téléphone et m'en assurer aussitôt. Non, il est tard. Et s'il s'agit vraiment du numéro de l'écrivain, que vais-je lui dire ? Le journaliste ne pourra pas venir vous voir, pardonnez-le. Peut-être puis-je faire quelque chose… Recueillir vos impressions en attendant…

Longtemps, je suis resté ainsi le regard dans le vague, à m'interroger. Malgré les bruits éteints sur le paysage de la chambre, j'entendais la tempête gronder quelque part en moi.

Sur les murs, la tapisserie bleu ciel est piquée de petites fleurs blanches à demi effacées, fondues dans le silence. On dirait des flocons de neige. Ils tombent lentement sans laisser de traces.

Cette fois, j'en suis sûr, il neige dans ma mémoire. Et l'hiver sera rude.

La rentrée manquée au lycée

De nouveau le grillage du lycée technique, face à la mer, et mon index pris dans les mailles. Depuis la rentrée de septembre, les vagues passent et repassent sans jamais laver ma plaie. Les semaines passent aussi, et les bains de mercryl n'y font rien. On dirait que la chair se pâme, qu'elle embellit.

Le doigt touché a doublé de volume.

Lorsqu'une vague plus forte que les autres éclabousse soudain les rochers jusqu'au grillage, effaçant du même coup ma rêverie, il me vient l'envie de pleurer. Mais on me tire par l'épaule. Les autres sont déjà rentrés. Qu'est-ce que tu attends, tu n'as pas entendu la sonnerie ?

En classe, la blessure s'élargit avec les sarcasmes. On m'interpelle à voix basse, la bouche pleine de piques. Tu as mis le doigt où il ne fallait pas ! Surtout ne le lève pas pour répondre, on ne verra plus les nôtres. Et on surenchérit parfois. Montre-nous ton boudin. Elle devait être sale, ta copine, pour que tu attrapes un truc pareil !

Ils s'excitent tout seuls et ça les fait bander. Certains plongent même la main dans leur slip. Alors je souris. Je fais semblant d'être avec eux.

Les heures passées à l'infirmerie du lycée, à tremper le doigt dans le désinfectant, sont des moments de paix. Le regard dérive doucement sur la mare stérile de mercryl ou d'éosine pour rejoindre le mirage de l'été, le souvenir de caresses, de rires et de joie.

Au-delà du grillage de la cour, je revois la longue arête de sable que chevauchent encore les dernières silhouettes des baigneuses. Et leur frôlement léger réchauffe un peu ma solitude.

La classe entière est au courant. Le professeur poursuit son cours magistral comme si de rien n'était. Pendant qu'il parle, je vois des têtes se lever furtivement et lancer un coup d'œil pirate vers mon doigt.

Les élèves sont silencieux. Leurs regards reflètent un mélange de curiosité et de compassion. Assis parmi eux, les quolibets pardonnés, je pense déjà à l'intervention chirurgicale à subir et j'ai l'impression que le cours continue sans moi, qu'ils filent tous ensemble de l'avant et que je disparais dans leur sillage.

Ce jour-là, je quitte pour de vrai mon grillage au bord de la mer.

Premiers pas en clinique

À jeun, le cœur léger, j'aborde la clinique de la Palmeraie, un maigre bagage à la main. On doit m'opérer le jour même, me libérer enfin.

Au bureau des entrées, mon courage retombe un peu. La chaleur, les odeurs inconnues. Une impression d'étouffement. Et dehors, des nuages en cavale poursuivis par le vent d'est. Les grands claquements de fouet sur la mer. Et les feuillages des arbres, pareils à des dunes qui se défont et se reforment plus loin.

À tout prendre je reste, sous le regard bienveillant de l'hôtesse.

En consultation externe, une semaine plus tôt, on m'avait montré l'incroyable dérive du doigt. La bosse blanche sur le cliché. Une excroissance hideuse à la jonction des phalanges d'extrémité. Avant la radiographie, je n'avais pas vraiment pris conscience du profil insupportable de mon index. Une vague de chair qui ne retombe pas ! Le mal au cœur m'avait pris.

Le reflux de ma chair déformée : c'est cela que j'attends de la clinique au moment des formalités d'entrée. Je n'en peux plus de cette obésité mal placée. Que l'hôtesse en prenne note ! Elle affiche candeur et sourire comme si j'étais déjà guéri. Mes bras sous le comptoir, elle ne voit que ma partie en bonne santé. Elle sourit, s'ébroue un peu comme si la pluie s'en prenait à son maquillage. Que sait-elle de moi ? De mon doigt blessé jusque dans sa fierté ?

Le ciel s'assombrit encore et le tonnerre plante ses pieux quelque part dans la mer. La lumière défaille soudain, sauf dans les yeux de l'hôtesse. La douceur attentive de son regard, comme des premiers soins bienvenus.

Grâce à elle, les portes se sont ouvertes devant moi. Le temps de déballer mes affaires et je suis projeté au cœur de la clinique : au bloc opératoire, allongé sous une rampe de projecteurs. On s'affaire autour de moi. Un peu ébloui, j'ai l'impression que de grosses mouches voltigent dans la lumière crue.

On me surveille. Quelqu'un se penche. Un homme trapu au visage ingrat et portant d'épaisses lunettes. Son ventre proéminent contre ma table. Jamais auparavant je ne l'avais rencontré. Dois-je lui dire pourquoi je suis là ?

Il parle : alors jeune homme, on sera courageux ? Il fait celui qui me connaît. Sa voix sonne faux. Une expression de refus passe sur mon visage. Mais déjà le chirurgien donne des ordres. On me prend le bras. Avant que je ne réagisse, on m'enfonce une aiguille. Et je prends très vite l'allure flasque d'une baudruche qui se dégonfle pour se remplir d'absence.

Compagnon de chambre

J'ai mis longtemps avant de fixer la silhouette insomniaque qui traverse la chambre de long en large. Le petit homme nerveux occupe le lit voisin. Sa mèche brune retombe sans cesse sur ses yeux, et ses mouvements de tête lui donnent un air interrogateur. Ses contours se précisent enfin lorsque je sens sa présence contre mon lit, telle l'ombre menaçante d'une seringue. Penché sur moi, le petit homme secoue son thermomètre en m'observant.

L'après-midi, le ciel de traîne de l'anesthésie s'éloigne et une éclaircie injecte sa douce lumière d'octobre dans la chambre. Le petit homme rode en silence. Et le voilà qui s'exclame : çà alors ! Il se tient près de la cuvette où trempe mon doigt. Ses grands yeux pleins d'éclats gris et d'inquiétude, il me regarde : elle a dit de ne pas t'endormir, de bien le baigner dans le désinfectant.

Je n'ai pas souvenir de l'infirmière ôtant mon pansement et plongeant l'index dans le mercryl, mais je distingue mieux la maigreur curieuse de Nénesse qui remue toujours comme un animal en cage, sa mèche en avant.

Son regard va et vient de la cuvette au lit, comme si quelque chose ne coïncidait pas. Le trouble sous ses sourcils épais. Je soulève la main. Le mercryl éclabousse l'émail, puis mon bras retombe lourdement. Je pense alors au chirurgien, à sa face de brute. Il ne me connaissait pas. Malgré cela, il a taillé dans le doigt, par-dessus et sur les côtés, puis il l'a crucifié !

Nénesse cherche à me rassurer : l'infirmière a dit que les drains en caoutchouc feront sortir le pus. On fait de drôles de choses, quand même ! Tandis qu'il secoue la tête, au bout de mon bras l'index porte sa croix. Il est défiguré, davantage boursouflé encore qu'avant l'opération.

Le petit homme est dans l'embarras. Il me tient le poignet. Sa voix nasillarde de nouveau : après, on retire les caoutchoucs et pfitt, le doigt se referme. À la télé, j'ai vu des négresses avec des bidules pareils en travers du nez, dit-il encore. Elles, elles les gardent parce qu'elles le veulent bien.

L'œil gris guette ma réaction qui ne vient pas. Ma détresse crève les yeux. Alors, sa mèche retombe et la silhouette s'éloigne de la cuvette. Nénesse marche à petits pas vers son lit en se tenant l'aine.

Quant à moi, je ne pense plus qu'à noyer mon doigt comme un chaton sacrifié, et ne plus jamais le voir.

Une vie de patient

Le charme de l'hôtesse à l'accueil, c'était déjà un début d'anesthésie. L'illusion d'un séjour bref et confortable à l'ombre de la Palmeraie. Derrière ses lèvres aguichantes, il y a dorénavant le bâillement affreux des chairs taillées au bistouri. Et les drains qui se nourrissent de pus comme la vermine.

La fièvre gagne lentement mon bras et les pieux s'enfoncent toujours plus profond en moi. Le mercryl, couleur de sang, inonde la chambre. Ma main flotte et chancelle, rongée comme un trognon. Non ! Non ! Je ne veux pas. Je me débats contre le tourbillon qui m'aspire. Je sens alors la main nerveuse du petit homme m'éponger le front et chasser mon cauchemar.

Peu à peu, on est devenus amis, Nénesse et moi. Sa bonne humeur égaye la chambre. Et lorsque j'ai une visite, il s'esquive en sautillant, ravi que l'on prenne de mes nouvelles.

Il vit seul et n'a plus de famille. Personne ne vient pour lui à la clinique. À travers notre amitié, il partage un peu mes visites. Sa voix nasillarde m'est devenue indispensable. Après chaque discours, il relève sa mèche en guise de conclusion. Parfois il la tortille entre ses doigts, dès qu'une pensée le tracasse. Enfin, il m'aide à supporter l'oisiveté, l'aigreur des jours.

Dehors, il est jardinier et gardien d'une propriété de maître à Ramatuelle. Il me dit souvent qu'il ne faut jamais baisser les bras devant la fatalité. Puis il quitte la chambre à petits pas nerveux, comme s'il venait de commettre un délit.

Sa mèche part en vrille dès que je le questionne sur son enfance, et son regard tourne à vide. Il a aussi son jardin secret. Je comprends peu à peu que son unique famille est celle de la clinique où il revient pour la quatrième fois. Une fatalité bienfaitrice ! Car on voit bien qu'il est heureux avec tous ceux de la Palmeraie. Il est connu jusqu'à la cafétéria des bien-portants, au dernier étage.

Un jour, il m'a montré ses cicatrices au creux de l'aine. C'est la quatrième hernie étranglée qu'on lui enlève. À chaque fois elle change de côté, et il faut ouvrir de nouveau. On découpe suivant les pointillés. Il s'en moque comme d'une bonne plaisanterie, d'une partie de cache-cache. Malgré sa maigreur, il trotte toujours pareil. Et lorsqu'il marche trop longtemps dans les étages, la douleur revient. Alors, le buste en avant, il se replie comme un chien battu en se tenant l'aine, et disparaît au fond de son lit.

Il ne montre à personne le visage de sa souffrance.

La vieillesse aussi, il la repousse d'un trait d'humour : Lorsque je n'aurai plus la force de jardiner ? Je serai fabricant de hernies, dit-il, résigné. Mais d'abord, je demanderai au chirurgien de me poser une fermeture éclair de chaque côté. Puis il part d'un rire étranglé qui le fait rechuter dans la douleur.

Au fond, on sent bien qu'il aimerait revenir à la Palmeraie plus tard, quand il sera vraiment vieux.

Je dois dire que c'est dans mes rencontres au fil des jours, dans les yeux de Nénesse et de mes autres compagnons d'infortune, que j'ai pu sonder ma peur, reconnaître l'image de ma détresse, de ma fuite et quelquefois de mon courage.

Au refuge de l'hôtel Ibis

Un bruit d'avion s'enfonce quelque part dans le sud, puis la nuit se referme sur Marseille. Le silence est tendu sur la ville. Plus rien ne filtre. Le froid étrange du silence et de la solitude. Il neige toujours dans ma chambre d'hôtel, et partout sur la ville engluée.

Blotti sous les draps, je respire à peine. Mon lit ressemble à un traîneau abandonné dans ce froid glacial qui fige mes pensées.

Près de moi, le livre blanc est comme une ancre jetée dans la nuit pour arrêter ma course folle. J'ai suspendu ma lecture et il me reste un grand vide, un vertige indescriptible. J'ai traversé des chapitres comme autant de rivières à gué et je suis à peine éclaboussé par la vie peu banale de l'écrivain R., car c'est d'abord mon histoire que j'ai vue défiler sur ses pages, que j'ai lue en transparence dans la neige et le blizzard de la chambre.

Mais n'est-ce pas l'apanage d'un bon auteur que de faire évader le lecteur de son livre et de lui faire inventer sa propre histoire ?

Où en suis-je ? Ah ! Oui. Tout a commencé en moins de temps qu'il n'en faut pour soulager sa vessie contre un chêne. J'ai ressenti l'automne comme autrefois au creux des Maures. Les sanglots silencieux de l'automne sur les grands châtaigniers drapés d'or et de pourpre. Et leurs bogues, oubliées dans les fougères, qui tressent des colliers d'épines bien moins redoutables que les oursins. La plainte langoureuse de la rivière. Enfin, le livre blanc fourmillant de mots à consommer, tel un fruit tombé de la nuit qui voudrait démontrer la perfection de la Nature et que le passé est comestible !

Le souvenir brumeux de la voiture renversée dans le chemin, j'ai cru un instant l'avoir puisé dans le livre. Mais les taches de graisse sur le papier me rappellent qu'elle existe bien et que le livre provient de ses entrailles. Qu'est donc devenu le conducteur ? Comment le retrouver ? Je dois lui rendre son livre, lui faire des excuses pour cet emprunt et mon indiscrétion. Est-il blessé, égaré dans les bois ? Peut-être qu'il se repose à la clinique de la Palmeraie, la plus proche pour accueillir les accidentés de la route. Je l'imagine dans son lit, à demi étourdi, cherchant autour de lui le livre blanc et ses gants noirs.

Dans cette immense ville portuaire qui m'abrite, Marise dort quelque part sans se douter de ma présence. Une tenue légère recouvre à peine la nudité de son corps. Les années - dix-sept longues années sans nouvelles - ont coupé nos liens et le hasard d'un voyage nous rapproche soudain. Qu'est-ce qui fait que l'on échoue un jour dans un hôtel inconnu, un autre dans un lit d'hôpital ou que l'on manque un rendez-vous avec une fille, définitivement ? Il semble que parfois la réalité et les évènements font obstacle à nos désirs profonds.

Et qu'est-ce que je sais de plus sur la vie à trente-quatre ans, après tant de détours, d'égarements ? Qu'est-ce que je fais ici, dans cette impasse ? Et qui trace ma voie et décide vraiment ? A quoi bon poursuivre de l'avant sans répondre à ces questions. Et si l'on ne trouve pas de quoi combler sa propre vie ? Si l'on doit toujours buter sur ce que l'on est devenu presque malgré soi ? C'est à tout cela que je pense sans trouver de réponses.

Bien sûr, je devrais prendre le temps qu'il faut pour mettre de l'ordre dans ma mémoire et mes idées désormais à vau-l'eau. Mes archives désordonnées me rassurent un peu et me désolent en même temps. À l'état d'abandon, elles font obstacle à mon bonheur. Je trébuche sur mon passé accumulé sans soin, plutôt que de m'en servir de tremplin pour aborder l'avenir. Comme dans le livre blanc de l'écrivain R., peut-être me faudrait-il refaire le chemin à l'envers et retrouver mes pas.

Ma boussole ici-bas est cet amas de feuilles bavardes, reçu comme un pavé en pleine figure au creux d'un bois. Y trouverai-je assez d'indices sur le conducteur égaré, sur le sens à donner à ma vie ? Saurai-je y recueillir les conseils précieux de l'écrivain R., surdoué de la parole littéraire ? Fils errant d'une émigrée russe et d'un magicien persan, réfugié très tôt dans les Maures, il a pris la place d'écrivain que, par maladresse et manque de talent, je n'ai pas su occuper. Tout de même, il était temps qu'il s'en explique !

Exilé de mes terres, me voilà devenu une sorte de plagiat de l'auteur, un adulte de nulle part entouré d'ombres et de présences mémorables. Et ces présences, je dois les faire parler, il le faut.

L'incident de pêche à l'adolescence

C'est bien jalouse qu'elle est la mer de voir les enfants de la côte régler leurs premiers pas sur le roulis prudent des Maures, et furieuse aussi que leurs pensées ne soient pas plus maritimes. Alors, elle guette, elle sermonne. Elle s'énerve et tempête par surprise.

Une mer mitoyenne qui dévore ruisseaux et rivières, qui digère les boues et ronge les troncs à la dérive. Une mer tragique, avide de sang, une mer obèse à en crever !

À la lumière argentée de la mer et aux plages impudiques, j'ai toujours préféré l'ombre délicate des pinèdes et des genévriers. Longtemps j'ai opté pour la solitude des matins froids sur la piste du gibier. Oui, mon enfance a battu les saisons des collines lascives, et le goût m'en est resté. Le chant d'une grive ou la fraîcheur d'un cèpe, les premières mûres sauvages et les jonquilles en fleurs, autant de signes de ralliement qui me comblaient d'aise dans la jungle des Maures. Enfant espiègle, un peu vagabond, un peu braconnier, j'étais tout cela et heureux de l'être, parmi mes compagnons de maraude.

Aussi, mon débarquement manqué sur les fonds décorés d'oursins est une imprudence de jeunesse que mon index droit me rappelle chaque jour. Le venin de la mer s'est mis à infuser dans mon corps et à dévier le cours naturel de ma croissance. C'est ainsi qu'un simple oursin m'a fait trébucher et, avec lui, c'est tout l'orgueil de la mer qui m'a pris en otage, peut-être pour l'exemple !

La mer, continuellement en chasse malgré son balancement de hanches. Sur la plage, les filles lui servent d'appâts. Mais à la fin août, elles se rhabillent à la hâte. Sauve qui peut ! Les convois roulent vers le nord. Les souvenirs mêlés. C'est le répit avant la rentrée scolaire. Alors la mer se découvre, le sable dénudé et les eaux claires du matin. Et les belles journées de septembre racolent les adeptes de la pêche côtière.

On vient entre copains traquer le poulpe et la rascasse. Ecumeurs des mers amateurs, à la panoplie modeste : fusil harpon, masque et tuba, on explore avec obstination les fonds agités et l'herbier de posidonies. Et chaque jour il me semble que la mer a refait ses décors pendant la nuit, qu'elle cherche à nous égarer. Plus à l'aise dans la boue des sentiers qu'en plongée sous-marine, on ne s'éloigne guère de la ligne des plages. Et on distingue parfois des ombres fugitives qui se diluent au large. Un retour volontaire à des gestes anciens, peut-être avec le sentiment inavoué de se laver des excès de l'été, de gagner un pardon : Nos pêchés retournent à la mer où l'on puise en échange un peu de nourriture.

Ah ! Le calme fatal de l'aube ! Les eaux sans rides, avenantes. De loin on peut voir nos frétillements côtiers, nos corps bronzés se tordre exagérément comme des ailerons de requins.

Témérité ou inconscience ! J'aiguise mon corps contre cette cuirasse molle, pleine de failles qui m'enchantent et m'effraient un peu. Je rêve alors d'un passage secret entre les buissons d'algues, d'une porte mystérieuse derrière la mousse des rochers.

Autour de nous, l'encre délébile de la mer raconte des histoires invraisemblables qui ricochent sur un banc de soles ou sur l'échine d'un mérou, et se répètent à l'infini.

Les eaux immenses penchent vers l'horizon brumeux où percent quelques points sombres. Des bateaux pêchent la sardine dans le lointain. Et derrière moi, le cageot amarré aux flotteurs se remplit lentement de pépites noires et acérées, délicatement détachées des fonds.

Après l'effort, il arrive que l'on s'assoie au soleil sur les rochers pour déguster les oursins. Au creux de la demi-coquille rincée à l'eau de mer brillent des lèvres fragiles. De minces filets de dunes élevés contre la marée. Un morceau de pain suffit pour recueillir leurs perles innocentes qui fondent en bouche. On mange avec gourmandise ce caviar du pauvre. Et le goût parfumé des profondeurs inonde la gorge pendant que les piquants encore vivaces jettent des éclats furieux.

On ne se méfie guère, mais tout le long de la côte, les oursins sont posés comme des mines sur les lèvres béantes de la Méditerranée. Et c'est là que j'ai sauté par mégarde un beau matin de septembre, c'est là que commence vraiment la mésaventure de mon doigt telle une page arrachée à la mer.

Ce matin-là, une fine lumière bleue recouvre les eaux calmes. Le cageot chargé d'oursins progresse avec une lenteur de péniche. Le corps à demi immergé, j'observe sa quille hérissée d'aiguilles qui peine contre la vague lorsqu'un poulpe paraît sur le dos gris d'un rocher immergé. Je plonge sans hésiter. La flèche décochée file vers sa cible. La bête vacille dans un nuage d'algues et se retranche au fond d'un trou.

Bien que le trident lui ait fracassé la tête, le poulpe se débat au creux du rocher. Le temps de reprendre ma respiration au bout du long fil de nylon et, au plongeon suivant, j'assure la prise en tournant la flèche dans le trou. Je sens une résistance. Ma main heurte des oursins abrités parmi les algues. Je remonte le poulpe enroulé à la flèche. Ma main droite est criblée de pointes noires.

Sur la plage, l'animal entoure mon bras de ses tentacules. Par dizaines ses ventouses gluantes s'accrochent à ma peau. Je retourne brusquement sa calotte. Le poulpe libère sa giclée d'encre dans le vide.

Mes doigts ont gardé ces aiguilles qui me font souffrir. On en retire. D'autres se brisent à l'intérieur. Les premiers bains de mercryl vont ramollir la chair et quelques débris en tomberont encore. Mais déjà les oursins vengeurs ont désigné leur proie : mon index droit. Ils se plaisent à le torturer. Le doigt enfle démesurément.

Bientôt ma main droite ne sait plus écrire. Le médecin de famille diagnostique une infection, rien de grave. Mais personne ne voit le forage silencieux des mèches calcaires, le sabotage discret de l'index qui se referme sur sa douleur.

En septembre, c'est aussi la rentrée au lycée technique, les cours et les séances d'atelier. La lime trace des sillons sur le métal ferreux et des gerbes de limaille retombent sur les mains. Le chant triste et désaccordé des outils sur les établis me donne la nausée. La poudre de métal voltige autour du doigt et semble l'enrayer davantage. Les yeux, le front me brûlent. Jusqu'à ce que ma lime flotte brusquement d'une manière incontrôlable.

Je me réveille à l'infirmerie, allongé dans une salle blanche et paisible. Désormais mon refuge contre la poussière métallique, la tristesse des jours et les paroles blessantes.

Dispensé d'atelier, je reviens chaque jour faire le bain et le pansement de l'index allergique. J'y reviendrai longtemps, trop longtemps. L'impuissance accablante de la médecine à soigner l'infection au bout d'un doigt, dans un cul-de-sac ! Encore aujourd'hui, la limaille sur mon sourire me fait grincer des dents.

L'attente en clinique

À deux pas de la mer, la clinique de la Palmeraie, oasis ou prison, c'est selon. Car avec le temps, on s'habitue. On se détache un peu du monde extérieur pour cet espace clos et aseptisé, parfois irrespirable. On se concentre sur le mal ou la blessure, sur ceux qui nous soignent et nous entourent. On apprécie leur dévouement, leur ténacité. Mais il y a toujours l'attente, l'ennui et le doute. On guette les premiers signes de la guérison. On pense à la santé si fragile et précieuse, à la liberté aussi. Et on y croit. Demain peut-être, ou un peu plus tard…

Au petit matin, des geysers de verdure encore ébouriffés montent vers le ciel, en quête de lumière et d'espoir. C'est la palmeraie qui borde la clinique, qui époussette ses murs blancs et en nettoie les pores. Un gigantesque tampon d'ouate qui apaise les plaies et les inonde de chlorophylle.

Le balancement des palmes par la fenêtre, c'est déjà un début d'évasion. Et du premier coup d'œil, je sais si le jour se lève sur le mistral, sur le vent d'est ou la brise de mer. A la longue, je connais par cœur le frémissement des palmes, leur façon de battre.

Aujourd'hui, la Palmeraie est calme. Trop calme. Le silence a englouti la chambre. Allongé sur mon lit, je ne bouge pas. L'air pensif. Le chirurgien vient de passer.

Je n'ai plus de drains. Un pansement léger sur l'index donne l'illusion d'un progrès. Le doigt ne suppure pas ; il n'a jamais suppuré. Alors on m'a retiré les drains. La chair est violine, boursouflée. Les trois incisions ne se referment pas. Il faut continuer les bains a dit l'homme d'un air bourru.

On se connaît mieux depuis l'opération. Ses grosses lunettes déforment toujours la réalité. Maniaque du bistouri, il ne s'attarde guère à philosopher. Il passe seulement. Une femme note à la volée les ordres du patron, et l'escorte blanche emboîte son pas.

Ils sont partis, et l'angoisse qui m'occupe est sans rapport avec mon doigt. Elle vient des paroles prononcées devant le lit du petit homme, mon inséparable voisin. Mon compagnon fidèle. Vous pouvez sortir demain, mon brave, a dit le chirurgien en tapotant la barre du lit. Son roucoulement triomphal avait quelque chose d'insupportable. Je lui aurais cassé les lunettes.

Nénesse et moi on est restés muets, interloqués. Jamais, vous m'entendez, jamais il n'a exprimé le désir de quitter la clinique. La Palmeraie est son jardin merveilleux. Les palmiers l'ont pris en compassion et les malades en amitié. La clinique est sa vraie maison. À chaque étage il compte des amis que sa présence suffit à soulager un peu. Sans oublier leur accoutumance, à la longue, à sa bonne humeur. Non, je n'arrive pas à imaginer son lit vide, encore moins occupé par un inconnu. Non, on ne peut pas guérir séparément.

Un silence ému nous rapproche. J'essaie de rassembler des arguments comme des vêtements épars, de quoi habiller sa défense. À l'approche de l'hiver, il serait imprudent de le remettre seul dans une propriété si vaste, de l'abandonner à la merci d'autres hernies étranglées. Son corps est un nœud de vipères ambulant. Un petit homme si maigre, si nerveux et sensible, perclus de douleurs, livré à la solitude dans un jardin immense et froid, au-dessus de ses forces, ce serait criminel ! Je me promets de le répéter au chirurgien. Il me doit bien ça pour avoir tranché par erreur dans mon index. Et, ce soir-là, je m'endors en tenant la main de Nénesse.

La goutte qui fait déborder l'émotion

Un sourire s'est posé sur mes lèvres. Un sourire pour rien dans ma chambre déserte de l'hôtel Ibis, dans un lit pareil à des milliers d'autres lits solitaires amarrés dans le port de Marseille. Tous malmenés par la nuit et la solitude.

Ce sourire, il m'appartient de plein droit. C'est le même qui enchantait Marise autrefois, au seuil de mes dix-sept ans. Elle était belle et généreuse. Mais au moment où je lui tends la main, son image disparaît de nouveau. Et la neige me retient. Elle absorbe tout, sauf ma lassitude. Et puis le livre se referme sur moi, mes paupières s'affaissent un peu sous le poids de ses pages rassemblées.

Heureusement il y a la neige. Elle tombe dru. Elle étouffe les bruits et les issues. Je me retiens au livre blanc. Un refuge de papier recouvert d'une neige sans cesse souillée par les personnages qui la traversent, qui vont et viennent et la piétinent à leur guise. Et mes empreintes se mélangent à celles du journaliste qui a tenu l'ouvrage avant moi.

Allez ! Que l'on m'envoie enfin le chasse-neige ! Que l'on me sorte du bourbier et que l'on remette le printemps ! Et le berceau montagneux de mon enfance. Car, si je vis loin de mes racines, il m'est agréable de penser qu'il m'est possible à tout moment de les rejoindre, de m'y réfugier, de retourner à la source de mes émotions. Avec, dans un moment d'éclaircie, la conscience tragique que tout cela n'existe plus que dans les oubliettes de mes jeunes années.

Jadis, j'ai bu les sources des collines et je ne le regrette pas. C'était comme si les Maures coulaient en moi. La pureté et la force des Maures. J'ai rincé maintes fois mon visage dans l'eau claire du ruisseau qui dévalait la pente et j'avais l'impression d'embrasser le paysage tout entier.

Ma force originelle, je la dois à ces terres robustes et fraternelles qui ont façonné mes gestes, mes ardeurs. L'eau n'était que leur respiration, la partie visible d'une émotion souterraine façonnée par les siècles. Elle était une pluie allongée, un sourire parmi les mousses, une parole fluide qui prenait le maquis. Peu importe le personnage qu'elle jouait alors, l'eau gardait son souffle magique et puissant. Elle était ma compagne et mon écho. Elle se pelotonnait un instant dans mes mains puis s'enfuyait de nouveau, insaisissable.

Hélas ! Une fois égarée dans la mer, elle se traînait comme une vieille dame. Elle avait pour ainsi dire du sel dans l'aile.

De l'eau des collines, il me reste son chant d'amour et ses caresses sur ma peau. Après m'avoir enseigné la curiosité, la course sans la dérobade, en un mot : la liberté. Une liberté que j'ai eu le loisir de rencontrer très jeune, avant même la conscience de son nom.

C'est la même eau qui aujourd'hui encore éteint les incendies, irrigue les terres et étanche la soif. C'est toujours la même eau qui arrose le jardin de l'écrivain R. installé sur un versant des Maures. Et c'est de là qu'il juge le monde et qu'il m'a sans doute jeté la bouée à laquelle je m'accroche : « Le testament amoureux ». Peut-être pourrait-il m'aider à écrire le mien, à le rendre compréhensible.

Le geôlier de la Palmeraie

Plusieurs fois je l'ai vu disparaître au bout d'un long couloir, dans la lumière pâle des veilleuses. Un étrange individu aux allures de revenant. Je n'en parle à personne, comme s'il s'agissait d'une affaire entre lui et moi.

Sa claudication régulière comme une horloge me réveille dans la nuit. Les autres patients dorment. Je me lève sans bruit. Sur la pointe des pieds, j'entrebâille la porte. À temps pour voir au loin une silhouette massive et légèrement bossue qui m'impressionne. Un reste de lumière tombe sur ses cheveux jaunes et fait luire son cou épais. Il me semble entendre le tintement léger d'un trousseau de clés.

J'ai dix-sept ans, l'âge de la peur subite, des réminiscences de l'enfance que l'inconnu effraie. Et je frémis de nouveau lorsque ses pas cadencés repassent à l'étage supérieur.

Où va ce geôlier dans la nuit paisible de la clinique ? Au-dehors, les palmiers sont roulés dans leurs feuilles pennées. Les chambres de la grande bâtisse blanche ont depuis longtemps sombré dans un sommeil tropical, encouragées par les odeurs d'éther. Et le fantôme claudiquant du veilleur de nuit continue de sillonner mes rêves en traînant derrière lui d'énormes clés comme il n'en existe nulle part.

Une nuit de courage ou d'exaspération, je me lève d'un coup et me lance à sa poursuite. Le couloir est sombre. Les murs retiennent une odeur fétide, un avant-goût de la mort. Je m'égare rapidement dans ma course aveugle, l'index levé comme un cierge qui n'éclaire pas.

J'ai perdu sa trace, et la pénombre se referme dans le sillage des veilleuses. Je reste planté un moment dans le silence, l'air stupide, lorsque des rires explosent. En un rien de temps, je rejoins ma chambre, des idées sordides en tête. J'entends des bruits de clés. Des silhouettes en tenue de nuit sortent à pas lents. Quelques rires fusent encore des bouches édentées. Puis des portes claquent. Le grincement lugubre des serrures. Et la claudication infernale reprend dans les étages comme si de rien n'était.

Mon deuxième séjour à la clinique de la Palmeraie a commencé par ces nuits hantées. Des rêves mauvais. Des claudications sans réponse. Les nerfs à cran. Et les infirmières qui se donnent de la peine à langer mon doigt comme un nouveau-né. Mais le doute se cramponne et une lassitude franche s'abat comme un brouillard.

Le chirurgien a de nouveau ouvert l'index. Des lèvres béantes sur le côté et un cratère au-dessus, mais toujours pas de pus. L'infection rampante est partie ailleurs. Elle esquive le bistouri. Elle a eu le temps d'agrandir son territoire. Il n'y a plus là que des chairs avariées, les restes d'un campement. Le courant d'air s'engouffre par les ouvertures. Et le mal se rit encore du vilain tour joué aux blouses blanches.

Un soir parmi tant d'autres, la pleine lune descend sur la Palmeraie. Elle éclaire la chambre. Elle ébavure au passage les formes indécises des palmes, elle teint en jaune les draps et les murs. Mon compagnon de chambrée dort d'un sommeil confiant, la bouche ouverte. Il est pris dans les mailles de la lune, et son faciès cadavérique est si ressemblant que je dois m'approcher pour entendre un filet de respiration couler sur ses lèvres mauves.

C'est un vieux pêcheur de Saint-Tropez. L'haleine de la mort flotte sur son visage tandis que la nuit écœurante s'annonce de nouveau propice aux claudications funestes. Peut-être le rôdeur ira-t-il, cette fois, jusqu'à me passer des menottes et neutraliser mon doigt rebelle !

Accoudé à la fenêtre, je regarde passer l'astre silencieux. Sa curieuse lumière s'attarde sur l'oreiller de la palmeraie. Une lumière froide, insidieuse. Elle vient d'une planète que les hommes ne vont pas tarder à conquérir. Une planète de reliefs et de vallées, d'ombres fugaces. Et cette odeur putride portée par d'invisibles rayons… À contempler ainsi la lune, je finis par voir un immense oursin gorgé de pus qui se ravitaille la nuit auprès des patients endormis. Voilà où s'est vidé en cachette le pus de mon index !

Je dirai tout au chirurgien, et d'abord au vieux pêcheur qui me sera de bons conseils. Pourquoi persévérer, et plonger chaque jour mon doigt dans un bocal de mercryl ? Il ressemble à un poisson rouge aux branchies encrassées. On voit bien qu'il se noie lentement, qu'il réagit à peine aux coups de nageoires, qu'il manque d'oxygène le malheureux !

Malgré la poussière de lune, le pansement sur l'index garde sa blancheur de linceul. Alors que j'observe mon doigt exsangue, un souffle dans le dos me fait sursauter. Le vieux pêcheur a fermé la bouche dans un soupir.

Un tintement de clochettes résonne dans le lointain. Sans doute le retour d'un troupeau. Je regarde à nouveau cet œil lunaire et jaunâtre enchâssé dans la nuit, un oursin trop vaste et trop évident pour être soupçonné. Il me semble qu'une forme humaine le traverse. Ne serait-ce pas le geôlier indésirable qui force maintenant les portes du ciel ? Mon front s'est recouvert d'une légère buée, parsemée de poussière céleste.

L'horizon lointain de la guérison

Dès le lever du jour, les oiseaux font chanter la palmeraie. Les grands plumeaux de palmes époussètent le ciel. À l'intérieur des murs, chacun reprend son rôle. Dans les chambres, les thermomètres par dizaines battent la mesure. J'agite aussi le mien. Premier geste du malade : prendre la chaleur ambiante du corps et mesurer son harmonie avec la journée qui commence. Dans les couloirs, on entend les pas précipités des infirmières qui viennent aux nouvelles.

Celle qui fait mon pansement est douce et souriante, les yeux bleu océan, le regard attendri. Elle ne se lasse pas de le refaire. Elle flatte l'index et je prends le compliment pour moi. Elle étale avec soin le produit miracle que recommande le chirurgien, elle enrobe de gaze fraîche le doigt ainsi huilé. Puis elle caresse doucement le bras, désolée de ne pouvoir faire mieux. Tous ses gestes autour du doigt me font le plus grand bien.

C'est mon deuxième passage à l'étouffoir de la Palmeraie, clinique moderne avec vue sur les mirages de la guérison. Mais les jours sont lents, presque immobiles. Chaque journée qui passe est une répétition fidèle de la veille, une nouvelle illusion. Non, je ne suis pas dupe. La Palmeraie élève un mur d'enceinte autour des patients et le monde extérieur continue de tourner sans eux. On croit qu'elle nous flatte, qu'elle nous cajole, mais elle repousse hors de nos chambres les assauts désinvoltes de la vie insouciante en liberté.

Non loin de là, le lycée s'enfonce dans le trimestre et j'ai perdu de vue le programme. Mes camarades de classe ne viennent plus me voir. Peut-être m'ont-ils rayé de leurs cours et de leurs pensées. Le doigt pris dans l'étoupe, je ne peux même plus écrire. Est-ce un effet secondaire des bains prolongés de mercryl ? Mon cerveau aussi se ramollit. Alors, le cœur n'y est plus. J'enrage contre le temps perdu, contre ma passivité, contre mon sort et ma résignation.

J'ai l'impression que des drains dans mon crâne font s'écouler le peu de connaissances qu'il me reste. À la fin du jour, j'enfouis ma tête sous l'oreiller mouillé par les larmes, et la nuit vient contaminer toute la clinique de la Palmeraie, effacer un peu les mauvaises humeurs dominantes.

Chute à la Palmeraie

Genoux à terre, je cherche à agripper la poignée de la porte. Je me sens faible, la tête qui tourne. Une odeur d'urine sur le sol mouillé. Je dois sortir. Le verrou des W.-C. est fermé. À quel moment ai-je perdu connaissance ? Le front contre la porte, je me relève lentement. Enfin, l'air frais du couloir. C'est la nuit. Je regagne ma chambre en prenant appui contre le mur.

Etendu sur le lit, je ferme les yeux. La mémoire me revient. Le bloc opératoire à midi, pour la troisième fois. L'éclairage intense et sans ombres portées des lampes scialytiques. Au centre flotte mon corps nu et une odeur de crime. Il y a des mains autour de la table, beaucoup de mains. Et l'impatience du chirurgien qui enfile ses gants. Pas question de laisser des traces ! La vue de la seringue. Les mêmes gestes déjà mémorisés, puis le goût amer des barbituriques dans ma bouche. Je ne saurais pas dire si j'ai tenté de résister.

La porte de ma chambre s'entrebâille un instant, puis l'infirmière de nuit s'éloigne, rassurée. J'aurais aimé lui parler, sentir son parfum de femme, entendre son reproche. Ses talons claquent dans le couloir. Elle ne saura rien de mon imprudence. J'ai la bouche pâteuse, la tête en charpie. Je supporte de plus en plus mal l'anesthésie. Aux toilettes, je me souviens avoir poussé le verrou derrière moi et ensuite plus rien.

Comment ne pas frémir à l'idée que le geôlier nocturne aurait pu me surprendre dans ma faiblesse et me montrer sa face de revenant ? Je m'étonne de ne plus entendre sa claudication dans les étages. Peut-être a-t-il quitté la clinique de la Palmeraie, après l'avoir explorée de fond en comble.

Ma nouvelle chambre est dans les hauteurs de la bâtisse, au-dessus du nuage persistant de la palmeraie. Une longue chambre à trois lits. Celui du milieu est inoccupé. Au fond, un petit renflement du drap trahit la présence d'un autre captif. Il n'a pas encore parlé depuis son arrivée discrète.

Le lendemain, elle a des allures de matrone la femme qui entre dans la chambre, suivie de quatre enfants aux joues barbouillées. L'air méfiant, le cortège passe devant moi sans un mot, franchit le lit vide pour entourer celui du fond où se tient un petit homme sec et muet au point que je l'avais presque oublié. Les visiteurs se penchent pour le sentir. Ils hument l'atmosphère de la chambre avec suspicion. Leurs regards noirs ne m'épargnent pas. La perfusion à mon bras semble les rassurer.

L'homme se soulève sur ses coudes et je vois enfin son visage émacié, son œil luisant et de fines moustaches. La femme lui parle à voix basse et les enfants tendent leur cou maigre. Les voilà qui complotent dans leur langue de gitans !

Un enfant se détache de la curieuse couvée et s'approche de moi. Une jolie fillette aux ongles sales, mal fringuée. Elle croise les bras et me fixe. Mais ses grands yeux noirs me dépassent, ils regardent à travers moi des paysages de misère dont j'ignore l'étendue. Un immense regard triste domine son innocence.

Elle est belle, la fillette. Elle est très sale aussi, mais on peut voir le dessin ferme de sa bouche, la grâce du visage. Une étoffe mal taillée tombe sur ses hanches fines. Elle porte à l'oreille une boucle en or, une seule. Elle se tient droite, les poings fermés.

Je lui souris et, tout à coup, ses yeux s'éclaircissent. Elle rêve. Il y a des rayons de soleil dans son regard et sur ses vastes paysages d'enfance. De la main gauche, je lui tends un paquet de biscuits entier. Elle le prend sans remuer les lèvres. Elle n'exprime rien en dehors de son rêve. Ses haillons flottent légèrement lorsqu'elle s'éloigne à reculons. Un cri la fait sursauter. La colère du père : Zita, laisse monsieur tranquille ! Le profil dur du gitan dépasse un instant des autres têtes qui forment un nid autour de lui.

Longtemps je suis resté imprégné du regard de la fillette, de son infinie tristesse.

Le lendemain de leur visite, on m'interroge sans ménagement. Le gitan a disparu pendant la nuit, et je n'aurais rien vu ? Il a refait son lit avant de partir. On me regarde d'un air soupçonneux. Les pyjamas sont tous complices ! Non, je ne sais rien, vous dis-je. Deux fois rien tellement l'homme était discret et absent. Sa silhouette maigrichonne aurait pu traverser le

mur ou sauter par la fenêtre sans que je ne m'en aper-
çoive. J'étais ailleurs, embourbé dans l'ivresse mélan-
colique de l'anesthésie.

Tandis que l'on me questionne, je songe aux
petits bras de la fillette serrés autour du cou de son
père. À cette heure, leur modeste roulotte file sa route,
loin de la Palmeraie. La gamine regarde le ciel épuré
par le mistral et ses yeux ont l'éclat de deux diamants
noirs qui rebondissent sur l'horizon.

Une semaine passe, et je suis toujours seul
dans la grande chambre. Un peu avant la mi-journée,
les blouses blanches en tournée encerclent mon lit. Le
chirurgien repêche mon index dans son bain. La surveillante tient le grand cahier ouvert à ma page, un
stylo suspendu à ses longs doigts crochus. Elle semble
résignée ; je suis un habitué du service. M'a-t-elle
classé parmi les incurables ou les simulateurs ? Elle a
son air pincé de vieille fille revêche montée sur talons
hauts. J'aimerais lire par-dessus son épaule tout le
mal qu'elle écrit sur moi.

Le chirurgien réfléchit, concentré derrière les
verres épais de ses lunettes éclaboussées de sang. Il
paraît soucieux, presque dépité. Pourtant, ici tout lui
appartient. La Palmeraie, les bistouris, l'hôtesse d'accueil et tous les serviteurs qui attendent son verdict. Il
est gras et puissant, et ce n'est pas mon doigt qui le
fera trébucher. Allons ! Souriez et détendez-vous.
C'est l'heure de l'apéritif. Vous reprendrez bien un
peu de mercryl ?

L'attente met chacun mal à l'aise. Un interne
saisit la planchette suspendue à mon lit. Il regarde distraitement ma courbe de température. Elle devrait
baisser, à cause de l'hiver. Déjà le mistral l'infléchit un
peu. Ah ! J'ai oublié de leur dire que je suis un enfant

naturel des Maures et que j'ai la peau dure. Ils peuvent la percer encore, les racines tiennent bon. Quoi qu'ils fassent, l'argile des collines colmatera les plaies et les bourgeons reviendront de nouveau au printemps.

La moue dessine des plis étranges sur la figure du gourou. L'inflammation ne se résorbe pas, dit-il tout d'un coup, il faut envisager d'amputer. Aussitôt la surveillante note.

Je me raidis contre le lit. Mon corps révulsé dit non, et je crois que le mot est sorti tout seul, avec violence. Un malaise dans l'assistance. Ma main retombe dans la mare de mercryl comme un coup de semonce. Le chirurgien essuie les éclaboussures sur sa blouse. Puis il y a des pas heurtés, un mouvement de fuite, une porte qui claque. Je me retrouve seul. Le vent cogne à ma fenêtre. C'est un vent de colère.

Dans la longue chambre aux deux tiers inoccupée plane encore l'écho de ma déception. Le réconfort de Nénesse me manque. Alors je pense au gitan qui m'encourage depuis sa roulotte, au regard de la fillette tendu vers des paysages immaculés, vers les grands espaces.

De passage au lycée

Au moment de pousser la porte, mon cœur bat plus fort. J'entre par le fond de la salle. La porte grince. J'avais oublié cette odeur de sueur et de craie. Tous les regards se retournent et il y a dans les yeux plus d'étonnement que de joie. Je rougis un peu.

Une voix gutturale sermonne les élèves. Allons ! On suit, s'il vous plaît. Je marche droit vers le bureau du professeur. Il a inscrit au tableau des équations dont le sens m'échappe. On chuchote dans les rangs. Je suis là comme un intrus. Je remarque la poussière sur mon bureau vide. Merci, dit le professeur lorsque je lui remets le certificat médical, et il continue sa démonstration.

Je repars sans un mot, la tête basse. Avant la sortie, quelqu'un m'interpelle. Une voix faible. Tu montreras ton doigt neuf à la récré… Je ne sais pas qui a parlé. Peut-être une remarque imaginaire ! J'ai l'impression que je me suis trompé de classe, que je suis là par erreur. Le mal a déjà glissé du doigt vers tout le reste du corps.

Rarement la cour du lycée ne m'a paru aussi désolée. Un tourbillon chasse une feuille de papier qui voltige un moment puis se plaque au grillage, limite éphémère souvent bafouée par les embruns et les rires, par la brise et les cris adolescents. Le temps passe à travers ses mailles où s'est maintes fois suspendue mon attente. Et la copie inconnue, brusquement soulevée par le vent, finit par franchir la frontière provisoire.

Sur le gaillard d'avant, la mer est tapageuse. Un sourcil grisonnant barre les plages au loin. L'aspect austère de la cour et des bâtiments me chagrine. Quelque chose a changé depuis mon départ. Peut-être est-ce simplement mon regard ?

L'odeur de cuir et d'encaustique, c'est ce qui distingue le mieux la bibliothèque des autres salles du lycée. Il n'y a personne dans la vaste pièce bien ordonnée qu'éclairent deux fenêtres tournées vers la mer. Et les centaines de livres contre les murs se plaisent à épouser ses teintes changeantes et capricieuses.

Combien de belles pages n'ont jamais quitté leurs quais en étages ? On lit peu au lycée technique.

Je regarde les reliures serrées jusqu'au plafond. La plupart semblent incrustées dans la charpente et faire partie des murs. Le silence de tous ces livres anonymes est presque terrifiant.

L'encyclopédie, ouverte à la page de l'oursin, me dévoile son anatomie : « Animal marin... caractérisé par un test solide, calcaire, plus ou moins globuleux, formé de plaquettes juxtaposées plus ou moins solides... Il est percé de deux orifices principaux, la bouche et l'anus, situés aux deux pôles de la sphère... Ses piquants mobiles... » C'est, en effet, une batterie de piquants aux desseins machiavéliques qui s'en est prise à mon enveloppe de chair !

« La bouche possède un système de cinq dents portées par un appareil complexe d'osselets calcaires et de muscles... Le tout est connu sous le nom de « lanterne d'Aristote »... Un système de vaisseaux constitue l'appareil ambulacraire... Les oursins existent depuis l'ère primaire. »

Je range le grand livre et m'assois sur un banc. Des larmes glissent sur mes joues. Je les efface d'un revers de manche. Non seulement le livre savant ne donne aucun remède contre le mal d'oursin, mais il avoue son ignorance par des formules vagues : appareil complexe, plus ou moins ceci ou cela... Que faire seul face à une machine de guerre en marche depuis l'ère primaire ? Contre un animal vieux comme les planètes, huilé comme une usine moderne et armé jusqu'aux dents !

La nuit, on peut voir scintiller au fond des mers les lanternes d'Aristote en plein festin. Des milliards de lanternes éclairent la marche silencieuse des échinodermes en ordre de bataille. Je suis dans le camp des victimes. Quel venin secret m'ont-ils inoculé ? Ma seule vengeance : Imaginer l'accouplement des oursins et leurs souffrances pour se reproduire.

Quinze jours de convalescence, a dit le chirurgien. Amen ! Les collines autour du village familial ont perdu de leur splendeur. Les pluies de novembre charrient les feuilles mortes. Sur un cahier d'écolier, j'exerce ma main gauche sans succès. Toute mon adresse est concentrée dans la droite. Sa guérison est vitale.

Que faire dorénavant pour sauver l'index dans lequel il se passe des choses étranges ? Quelquefois les ouïes palpitent et la chair se déforme. Un doigt monstrueux que je n'ose plus montrer ! Je ne serais pas surpris qu'un jour il en sorte une colonie d'insectes ou d'oursins miniatures ! Ils envahissent déjà mes rêves.

La convalescence est un instrument de torture. Une montagne d'heures creuses que je désespère de franchir. L'heure creuse ! Vide et creuse comme un coquillage. Je pose l'oreille tout contre, et j'entends l'écho affaibli des collines comme une plainte diffuse, une agonie peut-être. Je réalise alors que je n'irai plus jamais à leur rencontre avec la même innocence.

J'ai trop vieilli d'un seul coup.

Dans les profondeurs de l'hôtel Ibis

Marseille, deux heures du matin. Pendant que la basilique Notre-Dame-de-la-Garde déverse sans répit sa foi sur la ville, je m'enfonce dans la lecture du livre blanc. J'emprunte les chemins aventureux de l'écrivain R., depuis son enfance entre une mère agonisante, torturée par la chirurgie, et un père magicien, charlatan de génie.

Ai-je vraiment lu toutes ces pages qui se sont refermées derrière moi et me laissent une impression étrange ? Le propos me ramène sans ménagement au cœur du sujet lorsqu'il affirme : « Quant aux habitants des Maures, après plus de vingt ans de vie parmi eux, je peux dire qu'il existe peu de peuples aussi fiers, tolérants, indulgents… »

Qui a parlé ? Qui s'exprime ainsi ? La chambre est vide et il neige toujours. Le lit est recouvert d'une blancheur maculée de silence. L'hôtel est pris dans les congères. Mais la neige s'épuise lentement. Le ciel se fatigue. Je m'enfonce dans l'inconnu. Où suis-je de nouveau ?

Je me souviens tout à coup. Une route sinueuse des Maures. L'arrêt sous un chêne la nuit, une voiture les roues en l'air, personne à l'intérieur… Et je cherche une réponse dans « Le testament amoureux ». Mais que raconte ce livre ? Il me faut faire effort pour le retrouver. Les images sautent dans ma mémoire comme un poste de télé mal réglé. Je revois l'écrivain au détour d'un vallon. Il parle de lui et des siens. Il parle de sa vie, de la femme de sa vie. Il parle de la vie de sa femme dans sa propre vie. Il parle de leur vie commune ; une et indivisible. Il m'embrouille à la fin.

Et puis il y a ma vie qui défile masquée sur ses pages comme un intrus, en presse-papiers. Ma vie qui s'est infiltrée dans ses propres mots. Le livre falsifié devient un alibi auquel l'auteur apporte sa caution. Un livre miroir, reflet pudique de moi-même. Un livre témoignage qui contient en transparence le diagnostic de mon histoire. Le parchemin d'une vie simple devenue maladive, tantôt teintée de bleu, de vert et de blanc, alternativement.

Oui, la mer m'a élu et couvert de bleus. Des bleus doux et d'autres douloureux. Elle est venue m'extraire des sentiers paresseux des Maures, du compagnonnage tranquille des pins et des bruyères en fleurs. Elle m'a sorti de ma nature primitive pour m'attirer dans ses filets empoisonnés et me jeter en pâture à la médecine, dans la lumière blanche et cruelle des salles d'opération où je n'avais plus aucun arbre pour m'abriter. Je suis entré par inadvertance dans le monde des adultes, comme cobaye de la médecine.

On a d'abord cru à un accident sans conséquence. Mais voilà, j'ai mis l'index dans un engrenage dont je ne suis pas ressorti intact. Et en taillant au hasard, le chirurgien a coupé le cordon qui me retenait encore aux collines de ma jeunesse, à mon havre de verdure.

Peut-être sans le vouloir, on m'a éloigné à jamais des sous-bois où j'avais piégé le merle et le rouge-gorge, où j'avais cueilli la girolle, l'asperge sauvage et l'immortelle en fleur. On m'a écarté des rivières où j'avais péché l'anguille et le chevesne. On m'a privé des prairies gorgées de lumière où je roulais dans l'herbe folle. Savait-on alors que l'on me chassait d'une terre préceptrice où j'avais glané les prémices de la vie humaine, et qui avait forgé mon corps contre sa peau rugueuse, contre sa démesure aussi ?

Il arrive souvent que les grands incendies des Maures aillent jusqu'à la mer, barrière infranchissable. La Méditerranée, recours suprême ! Après une adolescence dévastée comme un feu de broussailles, j'ai fini par la quitter, la Méditerranée. Lentement, par étapes. J'abandonne les études après le lycée, en plein été de mes dix-neuf ans, et je vends des journaux sur les plages où les plus belles filles échouent au soleil.

J'agite les journaux en éventail par-dessus leurs poi-trines, remuant leurs odeurs de cannelle et d'ambre solaire. Un sourire parfois me récompense. Et je col-porte sur le sable mes désirs mélangés aux nouvelles du monde.

Par chance, après l'été on me garde au jour-nal. Est-ce une revanche de ma main droite ? Je grif-fonne avec passion des textes en forme de nouvelles. Un journaliste les remarque, et on m'embauche comme pigiste dans le quotidien régional. J'écris alors des nouvelles faciles qu'ils appellent des faits divers. Mon goût pour l'écriture et la littérature rend la réa-lité de mon existence plus supportable. Une écriture gagne-pain qui tiendra tant bien que mal quelques an-nées.

Il arrive que le hasard encourage parfois la re-vanche sur l'infortune. Un été de graves incendies en Provence, alors que je m'indigne avec des mots, j'ex-prime si bien mon indignation que l'article est repris par un journal parisien. Peu après, son rédacteur en chef me propose un poste de stagiaire à Paris. Chiche !

Pendant deux ans, je trie les dépêches et j'ap-prends le métier de journaliste. La manière profes-sionnelle de saisir l'événement, la recherche du scoop. J'observe les uns et les autres qui se copient un peu, qui se font des croche-pieds. Les rouages de la rédac-tion, sa rigueur et ses tensions, l'urgence de la publi-cation. L'amitié et l'hypocrisie aussi. Je me faufile entre les écueils. J'écoute et j'apprends dans un monde qui n'est pas taillé pour moi. Je n'ai pas de di-plôme, et mon écriture se déforme, s'éloigne de la lit-térature. À vingt-cinq ans, je décide de partir. La pu-blicité me fait les yeux doux.

On a beau fuir en avant ou en arrière, on est toujours rattrapé par son passé, par sa charge émotive de souvenirs et sa panoplie d'images. La mémoire est un petit monde où l'on finit par croiser de nouveau tous ses personnages, ceux que l'on voulait oublier et ceux qui nous ressemblent. Il me semble que le moment est venu de clarifier le rôle de chacun, de les interroger enfin sans complaisance.

Depuis les hauteurs de la Palmeraie

Pour la première fois, j'accède au toit en terrasse de la grande bâtisse blanche. Une vue imprenable depuis la cafétéria, et l'ivresse des sommets. Une couronne tropicale défend avec panache la forteresse où ses locataires sont retranchés.

La terrasse domine les coiffes vertes et bleuâtres battues par les vents. L'air y est vif, remuant. On voit mieux les palmiers depuis ce port majestueux et dominant, qui repousse assauts et sarcasmes sans état d'âme. On pourrait croire que les palmiers sont là pour faire diversion. Ils atténuent les bruits de l'extérieur qui pourraient distraire la clinique de sa vocation, et ils retiennent les cris de souffrance de l'intérieur. Ils effacent les traces des patients dès l'entrée, avant même le passage obligé par l'hôtesse.

À l'est, les grands palmiers bleus du Mexique dressent une proue imposante. Les échos métalliques du vent dans leurs branches sonnent l'alerte dès que le vaisseau de verdure découpé en plein ciel paraît menacé. Ces géants palmés se transforment en armure invincible. Les stipes bandent leurs muscles. Certains palmiers, dit-on, peuvent changer de sexe à la suite d'un traumatisme ou d'une transplantation.

Très jeune, Nénesse est tombé en amitié avec les arbres, et il m'a confié ce secret.

Par beau temps, la Palmeraie se transforme en fontaine végétale qui déverse fruits, lumière et gaieté en abondance par les fenêtres des résidents. Elle leur donne une douce illusion de bien-être et de guérison. La Palmeraie applique ainsi le plus heureux des pansements sur mon doigt, comme une bouffée d'énergie inattendue.

Depuis le quai de la cafétéria éblouissant de liberté, on en oublierait presque qu'aux étages inférieurs on ouvre des ventres, on taille des membres sans se soucier du temps qu'il fait sur la terrasse. On découpe et on recoud presque par habitude. On ampute parfois. Bref, on tranche sans pitié dans les fondations de l'homme. Et les drains aident la vie à s'écouler, tout le pus de la vie.

En promenant sur les hauteurs désertes, je pourrais lever mon index en étendard, mettre en exergue sa bravoure. Par trois fois déjà, il a repoussé les assauts maladroits de la médecine. Mais des soupçons me reviennent. La santé excessive de la terrasse est une forme d'affront. Ne serais-je pas au Grand Hôtel de la Palmeraie reconverti pour une clientèle d'hiver ? La mascarade déjouée ! Un séjour quatre étoiles en échange d'un index. C'est à prendre ou à laisser !

Toujours est-il que ce matin de janvier, j'ai de nouveau franchi sans encombre le passage de charme à l'entrée de la clinique. J'ai enfin compris que derrière le masque de l'hôtesse, il y a la gardienne du temple. Une personne de confiance à qui l'on a remis les clés. Elle a remarqué mon hésitation, ma méfiance. Aussitôt elle a un peu forcé son sourire. Jamais sa beauté ne m'avait paru aussi fade. Et les odeurs pharmaceutiques du couloir lui donnent mauvaise haleine. J'ai l'impression que chaque geste de l'hôtesse s'ajoute à ceux qui me manipulent depuis trois mois déjà.

Je lui dis que je venais cette fois - quatrième tentative de réparation ! - pour la mise à mort. Elle ne répond pas.

Est-ce la récompense de ma fidélité ? On m'attribue une chambre particulière, sans supplément. L'infirmière a préparé la vasque de mercryl et les comprimés. Mon index est méconnaissable. La chair viciée déborde des ouvertures qui ont servi autrefois au passage des drains. Des plaies répugnantes qui ne se referment pas.

Le doigt s'élargit au niveau de l'articulation d'extrémité et fait un goulot d'étranglement ; le bout ne plie plus. Le tendon est paralysé, l'ongle ramolli. Autour de cette masse difforme, écarlate, la peau est fripée, abîmée par les bains prolongés. Voilà ce qui reste d'un index martyrisé qui fait échec à la médecine. C'est ce doigt maltraité que je veux sauver, et préserver l'intégrité de ma main.

C'est décidé, je ne l'abandonnerai pas. Je suis trop jeune pour offrir mon corps à la science.

Les injections intraveineuses ont laissé une traînée sale au fond de moi. Et il me suffit d'y penser pour qu'un goût amer revienne dans ma gorge. À la troisième anesthésie, j'avais résisté de toutes mes forces, les veines tendues à craquer. Peut-être une fraction de seconde seulement. Pas assez pour voir le chirurgien s'acharner sur mon doigt et le prendre en flagrant délit d'incompétence. Les barbituriques dévastaient déjà mon corps, raidi comme un cerisier sous le givre en hiver.

Pendant que le chirurgien réfléchit au destin de mon doigt, je navigue en pyjama dans les couloirs et les culs-de-sac de la clinique. J'évite la terrasse où le climat est trop rude pour ma santé et le vertige insoutenable. Les couloirs me sont familiers, accueillants. La journée, j'en oublie le geôlier claudiquant et son obscure menace, imaginaire sans doute, d'enfermer les récalcitrants.

Peu à peu, je connais les rites et les habitudes à chaque étage. Je m'attarde aux fenêtres, repère les points de vue. La mer est toujours là, dans le golfe, avec ses roulements indolents et ses minauderies. Elle le sait bien la mer qu'on la regarde, qu'on l'envie.

Je songe aux milliers d'oursins qui dorment sur ses grèves, à leurs baisers empoisonnés. Des tumeurs minuscules dont on ne se méfie pas. Partout où la mer accoste, les oursins sont là, en état de veille, leurs piquants toujours aiguisés. Ils tournent d'un mouvement silencieux, imperceptible, comme des satellites fondus dans la couenne des mers.

Animal diabolique, depuis des siècles l'oursin tend ses lèvres de nacre dans un sourire de séduction. Et il offre son sexe étoilé pour un acte fatal.

Le salut succède à un moment de douceur

Pourquoi le nier ? Il arrive que le bonheur envahisse ma chambre. Un jour d'éclaircie, une colombe s'est posée sur mon lit, en entrant par la porte. Elle s'appelle Anaïs. C'est la nouvelle infirmière. Une religieuse serrée dans sa cape.

Son optimisme n'empêche pas la rumeur d'une amputation de se répandre et de troubler mon sommeil. Chaque fois que je vois passer le chirurgien et sa meute, je pâlis. Je voudrais que l'on m'oublie. Mais ils entrent tous, ils me narguent.

Alors, qu'est-ce qu'on fait de ce doigt ? dit l'homme assoiffé de sang tout en serrant fort la barre au pied du lit. Il s'impatiente. La colombe s'est perchée sur son épaule, sans doute pour me protéger. Et ils sont tous là, les apôtres, autour de leur guide. La surveillante est coincée entre les pages du grand cahier. L'interne détourne le regard. On étouffe dans la petite chambre. J'ai l'impression que le chirurgien secoue mon lit comme on le fait d'un arbre pour en faire tomber les fruits trop mûrs.

Je n'en peux plus et je leur dis que mon corps veut respirer, qu'il veut vivre, que je veux pouvoir compter sur tous mes doigts. Je leur demande de partir. Je ne veux qu'Anaïs à mon chevet. Elle seule, vous comprenez ? Le cortège n'insiste pas. Il se remet en marche.

Les yeux verts et immenses de sœur Anaïs, aussi mystérieux que les fonds marins ! Leur grâce posée sur moi. Derrière l'auréole blanche et ses parements de religieuse, j'ai tout de suite flairé les charmes de la jeune femme. Un havre de douceur et d'indulgence. Une beauté éblouissante.

Le peu d'espoir qui me reste, je le dois à Anaïs. À ses soins attentifs, à son immense réserve de bonté. Rien ne sert de quémander sa charité. Elle sait par avance ce qui manque à chacun, ce que chacun peut recevoir.

Anaïs entre dans la chambre sans bruit et se pose au bord du lit comme un oiseau de passage. Elle s'ébroue, puis ses lèvres bougent, son sourire s'anime. Sa voix emplit le paysage de la chambre. Elle dit des mots qui font du bien. Elle me caresse le front. Elle parle d'amour sans jamais citer le mot. Se pourrait-il que l'amour soit simplement deux blessures qui se rencontrent et avancent ensemble vers leur guérison ? Les yeux mi-clos, je l'écoute. Je me sens léger, et on s'envole tous les deux vers des terres meilleures.

C'est tout naturellement qu'un jour Anaïs est entrée dans mes rêves. Elle est devenue l'amie et la confidente, la maîtresse chaste. Malgré les tentations, elle garde sa pureté. Mais comment nier qu'elle est femme avant tout, qu'elle est belle et désirable ? Je ne peux m'habituer à l'idée qu'elle étouffe son corps sous un carcan de toile et de bure, qu'elle écrase ses seins et repousse ses formes. Anaïs châtie sa beauté, le seul péché que la nature lui ait donné ! Mais la beauté est rebelle. Elle se concentre sur son visage lisse, sur ses mains et ses doigts nus. Et il m'arrive de détourner avec gêne mon regard du sien.

Désormais l'infirmière est mon salut et mon ultime raison d'espérer. Nous parlons ensemble de longs moments, et je m'aperçois que je ne sais toujours rien sur elle. Ses questions devancent toujours les miennes. Le cœur sur les lèvres, elle m'encourage à parler. Tout ce que je sais d'elle, je le découvre dans mes rêves. Je reconstitue sa vie à coups d'imagination.

Anaïs a pris la dimension du rêve impérissable. Son visage, comme celui des anges, ne peut pas vieillir. Il est pétrifié dans sa jeunesse, dans sa pureté inaltérable et sacrée, dans son amour du prochain que je voudrais unique, pour moi seul.

Une fois seulement j'ai osé un geste. Ne tenant plus, j'ai pris sa main et je l'ai embrassée. Elle a fermé les yeux, sans doute pour prier. Puis sa main a glissé. Alors que je cherchais à la rattraper, Anaïs avait déjà quitté la chambre de son pas invisible.

Avaient-ils prévu que j'allais faire de la résistance ? À la quatrième opération de l'index, la dose d'anesthésique est si forte que le réveil n'en finit plus. Les paupières lourdes, je ne cesse de retomber dans le sommeil. Par moments, une tiédeur étrange sur mon visage, pareille aux piqûres du soleil, me tire de ma torpeur. J'entrouvre les yeux. Une silhouette claire, rayonnante, se tient près de mon lit et je soupire d'aise. Anaïs veille, sa main posée sur mon front. Je voudrais alors que le réveil dure une éternité, et que nous restions ainsi reliés.

Par la suite, le visage d'Anaïs s'est légèrement assombri. Une ombre minuscule et fugace traverse quelquefois son regard avec la vélocité de l'hirondelle, ou il m'arrive de saisir une inflexion dans sa voix. Autant de changements à peine perceptibles, mais j'ai tout le temps d'y penser.

Anaïs est tenace ; elle surmonte sa faiblesse passagère. Elle redouble d'attention pour mon doigt. Il est notre intermédiaire obligé, notre parloir. Et chaque fois qu'elle le lave, je me sens propre sur tout le corps. Elle le cajole sans retenue. Les ondes de ses caresses dépassent les limites de ma main. Et lorsqu'il arrive que l'expression de son visage hésite un instant entre le dévouement et un désir obscur, je l'encourage alors du regard, sans succès.

Je sais que mon index la chagrine. Le diagnostic est évident : état stationnaire, à perpétuité. Mais je souris quand même, à cause d'elle, et je voudrais tant qu'elle reprenne espoir, et aussi garder mon doigt pour elle, car il est notre lien secret, si précieux.

C'est presque par surprise qu'un jour le grognement reprend dans ma chambre. Ils sont tous revenus. Je regarde Anaïs perchée sur l'épaule du dompteur à la face sanguinaire. Elle est triste, méconnaissable. Avant que je ne réagisse, le chirurgien s'approche de mon doigt blessé et, sans même le regarder, il poursuit son idée à voix haute. Cette fois, dit-il, il n'y a plus rien à faire. Le dernier curetage n'a rien donné. Vous avez une ostéite. L'articulation est atteinte. Je n'enlèverai que deux phalanges.

Personne n'applaudit, alors il conclut de quelques tapes sur mon bras. Un geste de sa part qui me révulse encore davantage que la sentence à laquelle je m'attendais. L'effet répugnant de sa main sur ma peau me déclenche un frisson d'indignation.

Par la fenêtre, j'entrevois le lent battement des palmes, à la manière dont on éloigne les moustiques dans les pays d'Afrique. Le nuage blanc qui faisait de l'ombre dans la chambre s'éloigne à son tour. J'entends le silence de la Palmeraie crisser contre la vitre comme un appel discret. La paix du dehors m'aspire.

Je pense au lycée et aux copains. Je pense à ma famille, au jardinier seul avec ses hernies étranglées. Je pense aussi à la douceur de l'infirmière, à ses caresses encore si présentes.

C'est alors qu'un ange paraît au bord de mon lit. Anaïs est revenue ! Elle m'enserre le bras. Dans ses yeux marins, il y a des vagues et des vagues de tristesse, et de vraies larmes. Elle se penche, dépose un baiser sur mon front puis elle s'en va sans bruit. J'aimerais garder son image sainte jusque dans l'autre monde. Et lentement, je remonte le drap sur mon visage, comme je l'ai vu faire dans les chambres mortuaires.

À l'heure de la sieste, tout est calme. Le vent est tombé. Les couloirs sont déserts. On dirait que les blouses blanches ont fui la Palmeraie. Je me lève et m'habille. Le drap tiré sur mon lit et mon sac sous le bras, je regarde une dernière fois la chambre, décor d'hôtel et de théâtre ambulatoire, de souffrance et de cauchemar.

La porte de service donne sur l'arrière de la Palmeraie. Au moment de la franchir, je songe à l'instinct des gens du voyage, au gitan qui m'a montré la voie.

La ville où le sommeil résiste

Marseille. La ville est lovée dans le silence épuisant de la nuit. Avec pour seule boussole un épais livre blanc, je cherche toujours ma voie dans le maquis de la mémoire. Naïvement, je croyais y trouver des repères, un début d'explication. Je fais confiance aux livres, et celui-ci est peu banal. Il colle à ma peau et à mon itinéraire, à mon passé nébuleux.

L'écrivain R. connaît les Maures mieux que moi désormais. Du haut de son observatoire, il juge le monde et décortique son passé. Et au lieu de m'éclairer, il m'égare. C'est pourtant bien lui qui m'a tendu l'appât, ces centaines de pages mode d'emploi !

Peut-être qu'il me mystifie à dessein ! Son père était magicien et prédisait l'avenir. Et lui prétend réussir « comme par magie » tout ce qu'il entreprend. Aurait-il fait disparaître le journaliste ? Je reprends le numéro de téléphone trouvé entre les pages, seul véritable indice. Je pourrais téléphoner, me faire passer pour celui qui vient à la rencontre de l'auteur. J'hésite encore.

Au fur et à mesure que je m'enfonce dans la lecture, je traverse les décors de ma propre existence, en quête de preuves, de certitudes. Et je convoque l'un après l'autre tous ceux qui pourraient témoigner contre la mer, contre moi-même et justifier mes choix cliniques. Oui, cela me semble nécessaire pour retrouver mes traces, j'ai besoin d'entendre tous ces personnages intermittents de mon adolescence, des saltimbanques au teint blafard qui ont accompagné ma tranche de vie sous le grand chapiteau blanc de la médecine.

Ensemble, nous avions tous notre utilité. Nous étions solidaires dans notre quête d'une santé plus robuste. C'est d'ailleurs sur les malades et les blessés que les bien-portants calibrent leur santé et leur moral. Ainsi, les patients de tous bords font don aux bien-portants de l'oxygène dont ils se privent, avec l'espoir qu'ils recevront un jour, en récompense, une place à leurs côtés, dans leur lumière naturelle.

Mais combien de ces défaillants d'autrefois sont restés inscrits dans ma mémoire, au bureau des entrées ? Si la plupart sont guéris depuis, ils ont encore « besoin de soins et d'entretien » pour que leur image perdure. En échange, j'attends d'eux plus de vérité, et qu'ils m'aident à comprendre enfin si je suis vraiment rétabli de ma jeunesse empoisonnée par les oursins ?

C'est, en effet, à Marseille que j'étais venu quérir la guérison de mon doigt, après la tentative ratée de la Palmeraie. Je n'avais que dix-sept ans. Et je refais aujourd'hui ce chemin de mémoire sans préméditation. Est-ce la main du magicien qui me guide de nouveau sur mes pas ou une simple coïncidence ? Je mise sur le soutien de l'écrivain R., de son expérience, de sa lucidité. Lui qui a été éloigné très tôt de ses véritables racines et confiant, dès l'adolescence, en son pouvoir créateur, il a trouvé son salut dans les collines des Maures, la force d'écrire et d'éclairer ses contemporains.

Je feuillette sans relâche son grimoire. Puissent ses ondes me diriger un peu au lieu de me perdre, et relancer le balancier de ma vie dans la bonne direction ! Le livre ouvert comme un fruit, j'ai l'impression de ressentir par moments les vibrations de l'écriture, de sentir la saveur des pages que mes mains épluchent l'une après l'autre, lentement. Oui, ce livre agit comme un révélateur de ma propre histoire au travers de celle de l'auteur, ce qui semble davantage le signe d'une bonne littérature plutôt que d'un tour de magie.

Cependant, rien ne me détourne du souvenir central de Marise. Elle tient le premier rôle, peut-être parce ce qu'elle a surgi autrefois telle une bouée de sauvetage au moment où la mer et ses vaisseaux vénéneux se jouaient de moi ! C'est elle qui m'a recueilli et ramené à la vie sans le savoir. Comment pourrais-je oublier son amour fougueux et passionné, provocateur et inconscient ? Et nos escapades vers la liberté. Une relation tumultueuse que je ne peux renier. Et cet amour est peut-être encore intact, enfoui quelque part dans la ville comme un trésor caché ! Il n'appartient qu'à moi de m'en assurer.

Aimer un être, n'est-ce pas une forme de reconnaissance ? Et la mise en valeur de ce que l'autre a de meilleur, de le révéler à lui-même et au monde. Je frémis tout à coup à l'idée que Marise pourrait garder de notre rencontre un souvenir médiocre, ou totalement effacé. A moins qu'elle ne ressente comme moi une révélation tardive !

Avec autant de doute que d'espérance, je m'enfonce toujours plus loin dans la nuit blanche. J'erre sur les sentiers érodés de la mémoire. Mais à chaque carrefour, les indications se dérobent et j'hésite à nouveau. Faut-il suivre à la lettre les conseils de l'écrivain ou remonter les traces fugitives du journaliste ? Dois-je me fier à l'instinct, comme autrefois dans les collines de ma jeunesse, ou à tous ces signes indicibles dictés par la providence ?

Il me faudra pourtant choisir avant que la nuit ne s'épuise tel un ultimatum, à moins qu'elle ne s'évanouisse comme une simple illusion.

A la clinique succède l'hôpital de la Conception

Dans le froid sec de février, les couleurs de la ville se collent aux vitres et se rétractent aussitôt. Le taxi roule à vive allure. À dix-sept ans, je n'ai pas encore l'habitude des grandes traversées. Assise auprès de moi, ma mère me regarde d'un air perdu. La vitesse, les rues inconnues de Marseille, le danger devant nous, tout contrarie ses habitudes. Elle ne dit rien ; elle tient mon bras.

Sur mes genoux, la petite valise en carton de mon père qu'il a depuis l'armée. On voyage peu dans la famille. À l'intérieur de la valise, deux pyjamas et des sous-vêtements posés par-dessus les livres. Trois piles de livres empruntés à la bibliothèque du lycée en prévision d'une longue absence.

À mesure que le taxi avance, l'image de la palmeraie luxuriante se déforme. La douceur d'Anaïs a pris la dimension du rêve. Non, je ne regrette pas mon évasion. C'est dans le luxe de la Palmeraie que le mal a embelli. Mais l'index a tenu bon malgré les brèches dans ses flancs et les soûleries au mercryl. Il est là devant moi, posé sur la valise. Je le sens qui gémit sous la gaze avant l'épreuve.

Au bout de la route, il y a l'espérance du professeur Salmon. La confiance qu'il a fait naître la semaine précédente. Je revois sa carrure dans la grande salle froide, sa manière lente et précise de regarder mon doigt. Il retourne plusieurs fois ma main. Il ne regarde pas l'index avec la même curiosité que ceux qui l'ont fait avant lui. Il ne regarde pas une aberration de la nature ; il ne voit pas l'étrange bourgeonnement des chairs. Non, il regarde droit dans le mal. À l'intérieur du doigt. Je le sens bien aux contractions, aux élancements dans la main. Le mal bouge et le professeur l'observe. Des reflets étranges glissent sur ses lunettes.

Ma main à plat dans la sienne, je pense très fort : je jure de dire la vérité, toute la vérité. Mais je reste muet. Le front calme et le regard fixe, l'homme observe directement le mal. Il se confronte et se familiarise avec lui. Il le domine déjà. Je réalise soudain que c'est moi qui retiens sa main. Il me transmet lentement sa force et je ressens un léger mieux. J'ai envie de le dire à ma mère assise dans un coin. Elle croise et décroise ses bras avec impatience, mal à l'aise. Son village lui manque déjà.

Les paroles du professeur Salmon, éminent spécialiste de la chirurgie des membres à l'hôpital de la Conception, se perdent un peu dans la grande salle avant que je ne réalise qu'elles me sont destinées, et que je ne comprenne ce qu'il m'arrive. Votre doigt, dit-il, est dans un triste état. Vous avez beaucoup attendu. On va essayer de le sauver. Il faut vous hospitaliser au plus vite.

Les débuts à l'hôpital

L'hôpital refuge. L'hôpital silence. Une ville cachée dans la ville. Ses hauts murs masquent les plaies. Ils absorbent les plaintes. Un casernement triste. J'entre dans un pavillon, ma valise à la main.

Les chambres y sont rangées de part et d'autre d'un long couloir.

Un gaillard blond me reçoit avec un sourire méticuleux : l'infirmier-major, chef du service. L'uniforme blanc, les mains soignées de quelqu'un qui supervise. Son haleine de chewing-gum me souffle la direction de ma chambre.

Ma fenêtre donne sur une ruelle sombre et un autre pavillon à l'identique. En consultation externe, je n'avais pas remarqué la vétusté des bâtiments, leur disposition en épis autour de la cour centrale, les murs gris et lézardés, ni mesuré le gigantisme des lieux. Préoccupé alors par l'avenir de mon doigt et la peur de me perdre dans les couloirs, je n'avais que le souvenir vague des grandes allées sous les arcades et des ailes qui s'évasent en pavillons indépendants. À l'étage, des galeries à l'air libre recopient fidèlement celles qui bordent la cour, desservant d'autres salles, d'autres résidents reclus.

Me voilà désormais engagé dans les bataillons de patients parqués sous le manteau de pierres du vieil hôpital. Adieu Anaïs et les frémissements langoureux de la Palmeraie ! Adieu la présence rassurante des Maures et de sa rivale de toujours, la Méditerranée ! D'emblée, j'ai la sensation d'être projeté dans un monde anonyme et inhospitalier - quel paradoxe ! -, pris entre les murs d'une immense prison grise où des chirurgiens triment sans relâche. Je n'ai qu'un bout de doigt à leur proposer et j'en fais un complexe. On ne m'en tiendra pas rigueur.

Mon compagnon de chambre est levé bien avant l'aube. Il reste longtemps assis sur le rebord du lit, le front bas et taciturne. Il attend en silence le réveil de l'hôpital. Jean est berger. Il n'a pas trente ans et il en connaît déjà long sur la vie des bêtes. Il arrive que des malades viennent le consulter, et les brebis égarées repartent rassurées.

Le matin, il écarte le café imbuvable de l'hôpital et sort de sa cache le pain de campagne, le saucisson à l'ail et le fromage de chèvre encore parfumé de sa garrigue. Le visage brusquement illuminé, il mange à grands coups de dents.

On s'entend bien avec Jean. Il me parle souvent de sa bergerie, sa maison comme il dit, mais jamais de l'autre famille, celle parmi les hommes, sans doute à cause de souvenirs mauvais. Il me parle de paix et d'amitié, de son amour des bêtes tout en caressant sa barbiche. Il ne se plaint jamais. Il est là depuis plus d'un mois.

Attentif aux coutumes d'ici, le berger dresse l'oreille au moindre bruit suspect ou dès que passent des blouses blanches. Il sait des choses qu'il voudrait m'enseigner. A commencer par les tribus de malades. Il les a toutes visitées comme il le ferait pour les troupeaux.

Puis un jour, il me dessine le plan détaillé de l'hôpital. Il dit qu'il faut toujours connaître le territoire où l'on va s'établir. C'est ce qu'il fait avant de conduire ses bêtes à un nouveau pâturage. Il note pour moi les visites à faire et celles à éviter, il me signale les pièges. Je regarde ébahi le parchemin précieux. Parfois sa main s'arrête. La mâchoire crispée, il hésite. Et le trait repart à l'exploration d'un monde fantomatique qui n'est pas indiqué sur les panneaux des allées. Nos visages sont tendus comme si l'on préparait un mauvais coup. Le regard noir, il ajoute à voix basse qu'il devrait aussi me parler des sous-sols, mais plus tard peut-être.

La nuit, en rêve, j'arpente des couloirs obscurs et suintants où croisent des chauves-souris et des rats. J'avance seul, la peur au ventre, à l'affût du moindre bruit. Et je me réveille en sursaut lorsqu'une porte claque quelque part. C'est ridicule, car les pavillons ne sont peuplés que de patients au repos, d'invalides qui ont déjà fort à faire pour se défendre contre leur souffrance ou contre la mort qui cogne à leurs propres flancs. Les nuits de la ville-hôpital ne sont troublées que par quelques râles et les pas pressés des sorciers blancs qui filent aux Urgences. Mais Jean a fini par ajouter à la réalité quotidienne une dimension qui me dépasse et s'en prend à mon sommeil.

Radiographie ou simple promenade, au moindre prétexte je m'éloigne du service. Anonyme parmi les pyjamas les plus valides qui déambulent et le plan de Jean en poche, j'hésite encore à m'écarter des allées principales. Je regarde à la dérobée l'accès à un passage noté sur le parchemin. Cela suffit pour remarquer les lourdes portes cadenassées, les chaînes rouillées et les avertissements. Réservé. Sans issue. Entrée interdite à toute personne étrangère au service. Autant de sommations qui excitent ma curiosité.

En tendant l'oreille, je perçois parfois l'écho lointain d'une voix, un cri ou une plainte, ou le martèlement d'un pas rapidement étouffé. Aussitôt je m'éloigne en serrant dans ma poche le plan secret.

Oserai-je franchir un jour ces portes défendues ?

La nuit traîne encore un peu sur les contours de la chambre ce matin-là. En attendant que la lumière lunaire du jour nouveau réchauffe la pièce, je feins de dormir. Mais discrètement j'observe Jean à sa table. Ses dents taillent de larges bouchées dans les odeurs familières du pain et du fromage. Tout son corps semble agité de soubresauts silencieux, comme s'il marchait en même temps. Nul doute que ses pensées sont reparties dans la montagne, auprès de son troupeau. Sa présence à l'hôpital est une erreur de la nature. Il n'aurait jamais dû quitter ses bêtes. Je devine ses regrets aux coups de dents hargneux. Puis il se redresse tout d'un coup, le sourcil froncé comme si le bêlement lointain d'une brebis lui faisait souci. Sa haute silhouette tendue vers la fenêtre, il n'y a plus que son ombre dans la chambre, avec ses odeurs d'homme.

Pour la première fois, je réalise qu'il nous faudra nous quitter bientôt, avec Jean. Ses muscles déchirés par l'effort semblent réparés. Et d'un instant à l'autre, il peut se lever, prendre son bâton, siffler son chien et disparaître sur un autre versant de l'aube.

De nouveau, je reçois de plein fouet toute la mélancolie de l'hôpital, cette ville provisoire d'où l'on repart avec des douleurs dans la tête et des courbatures qui vous accompagnent parfois pour le restant de la vie.

La couture du doigt

C'est l'attente, nu sous la chemise ample de l'hôpital que l'on vient de me passer. Une chemise rêche, ouverte sur l'arrière et posée sur moi comme un voile pudique. Malgré la piqûre de pré-anesthésie, j'ai la chair de poule et les mains moites. Je reste immobile, les yeux au plafond. Le silence angoissant de l'attente. Après quatre opérations chirurgicales, je devrais être habitué.

Jean fait les cent pas dans la chambre. Il connaît la médecine des plantes, les gestes qui apaisent les bêtes, mais pas les mots qu'il faut dire en pareil cas. Il s'arrête un instant devant mon lit et frotte sa barbiche. L'air buté, il repart d'un pas nerveux. Je sais à quoi il pense. Lorsqu'il frôle mon lit, j'ai envie de lui prendre la main, de le calmer. Eh ! Oui, mon pauvre Jean, il me faut repasser à confesse. Dans l'isoloir du bloc opératoire, tout peut arriver. Peut-être que mon doigt avouera enfin son mal et qu'il se repentira ! Je songe aux échecs répétés qui ont mis le doute en moi. Pourquoi en serait-il autrement cette fois ?

Le chirurgien m'avait par deux fois rendu visite. Il avait demandé que l'on me fasse des examens. Plein d'examens au point qu'il détient désormais la carte détaillée de mon corps. Il m'a parlé longtemps et j'ai répondu avec prudence. J'aurais voulu être plus précis, mais son regard m'intimidait. Le Docteur J. me paraît jeune pour tenir ce rôle. A l'entendre pourtant, il semble sûr de lui et sa puissance m'irradie. Voilà une semaine qu'il me prépare et je pense à son regard d'acier, à sa main ferme qui va faire sauter la rougeur difforme de mon doigt comme une simple verrue. C'est le professeur Salmon qui lui a confié la tâche. Je dois lui faire confiance.

Les infirmières s'approchent. Le départ est annoncé. L'une pose sa main sur mon front, l'autre sur mon bras. Des mains rassurantes, des mains chaudes de guérisseuses. Autour d'elles rôde l'ombre vigilante de Jean comme un rapace qui me donne le tournis. Je sens son ombre protectrice qui plane autour de l'agneau blessé. Le goût écœurant de l'anesthésie au fond de la gorge, j'avale ma salive. J'ai honte de ma moiteur, de ma détresse lancinante.

Lorsque les brancardiers prennent le relais, Jean me serre la main très fort, comme pour un adieu. J'ai remarqué ce matin ses affaires bien rangées dans le placard. Une sorte d'inventaire avant le départ. Je n'ai pas la force de lui dire ce que je pense. Alors je songe à ma famille, à la paix des Maures, aux couloirs mystérieux de l'hôpital. Puis le plafond se dérobe, glisse lentement comme un drap sans fin.

Un pantin de chiffon que l'on promène dans les couloirs sur un brancard à roulettes, voilà ce que je suis devenu tout à coup ! Les gens se retournent sur mon passage. Le convoi longe la cour, prend le monte-charge, emprunte la galerie supérieure ouverte à tous les vents. Dans la honte et le froid de février, le transfert n'en finit pas. Les roues grincent sur les dalles. Les deux brancardiers muets ne prêtent guère attention à mon confort. Ils fixent l'horizon. Sur un menton renversé, je vois l'entaille d'un rasoir. La croûte qui se forme malgré le givre de février. Et je grelotte sous mon drap. Le plan de l'hôpital gravé dans leurs têtes, les individus taciturnes font des manœuvres brusques.

C'est étrange de voyager à l'horizontale, dans un univers inversé, celui des plafonds ! Soudain, la clarté du jour disparaît et le brancard s'immobilise. Mon escorte m'abandonne sans un mot dans une antichambre fermée par un rideau noir. La mise en scène est cruelle, sans ménagement.

Tant de détours pour aboutir derrière un rideau de théâtre crasseux ! Je ne sais pas où je suis. Le plan de Jean me serait bien inutile car il ne dit rien de l'univers des plafonds. Le froid s'infiltre sous le rideau, colmate l'obscurité. Qu'est-ce que je fais ici ? Je suis un mauvais acteur d'hôpital. Ma place est sur un banc du lycée, parmi mes camarades. Ce jour d'hiver, le poêle à mazout réchauffe leurs visages attentifs. L'époque est encore proche où je partageais leur insouciance et ne connaissait des hôpitaux que la rumeur publique. Et j'étais comme eux, capable d'un fou rire pour une simple grimace ou une boulette en pleine face. Ce que j'ai vieilli depuis ! Des larmes sèches au coin des yeux, je remue un peu mes jambes et mes bras engourdis par le froid et la peur.

Puis un râle léger traverse le rideau. Quelqu'un tousse. Je ne suis donc pas seul à attendre dans un isoloir. Il me vient un sourire crispé en songeant à l'ambiance feutrée de la clinique, aux excès de soins qui finissent par rendre malades ceux qui ne le sont pas. Je pense aussi à la cafétéria avec vue imprenable sur la Palmeraie et la Méditerranée, à la douceur d'Anaïs. Et pour la première fois, il y a des regrets dans mes pensées. Ai-je eu raison de venir dans ce théâtre glacial, de me jeter de nouveau en pâture à la médecine dans une ville immense aux pratiques inhumaines ?

Le rideau est tombé brutalement, et je suis passé de l'ombre à la lumière des néons. Un grouillement de tuniques blanches dans le bloc opératoire. On me hisse sur l'autel. Ma robe-chemise voltige, retombe sur mon ventre. J'écoute le chant stridulant des ustensiles que l'on affûte. On dirait presque des grillons en joie par une nuit de pleine lune.

Enfin ! Le docteur J. paraît sous l'auréole de lumière. Le regard concentré du sauveur ! Je ne le quitte plus des yeux. Il retrousse les manches sur ses bras velus. Ses muscles en relief. Il remue les doigts, sans doute est-ce une manière d'assouplissement et de se concentrer. Une assurance à toute épreuve se lit sur son visage. Pendant ce temps, un étrange ballet se forme autour de lui. Les tuniques se rapprochent. Tout ce monde pour moi ; je n'ai pourtant rien d'un trophée ! L'anesthésiste cherche les veines dans un pli de mon bras. J'ai l'impression d'être déjà vidé de mon sang et de le décevoir. Il cherche longtemps, puis je sens la trace froide de l'éther.

Une voix grave fait brusquement reculer les étudiants en médecine agglutinés contre ma table. Le docteur J. a parlé. Sa voix anesthésie la salle. Même les grillons se taisent. Soudain des flashes crépitent et je reste hébété. Avant que la piqure ne me neutralise, quelques mots du chirurgien me reviennent par ricochets : Une opération rare… la greffe à l'italienne… une pratique récente… soyez attentifs… le témoignage des photos…

Plus tard, j'ai su la vérité. Mon doigt ne pouvait plus guérir par ses propres moyens. Vous avez trop attendu, avait dit le professeur Salmon. Une manière polie de disculper le chirurgien aux lunettes opaques et pour qu'il coule encore des jours heureux dans sa Palmeraie privée. Non, le vieil hôpital ne soigne pas les lumbagos avec des cataplasmes de religieuses ! Cher client, ici on ne fait pas dans la dentelle et la grâce. L'élève du professeur Salmon a choisi pour vous la greffe à l'italienne, une recette rare !

D'abord vous désossez proprement l'index par le dessus, en éliminant soigneusement germes pathogènes et tissus nécrosés. Vous surveillez simultanément les palpitations du cœur qu'il faut maintenir à feu doux. Vous tranchez ensuite l'articulation inutile et reliez entre elles les deux phalanges…

J'imagine les gestes démonstratifs du docteur J. et la nuée d'étudiants autour de l'os rongé. Mon doigt éducatif prenait ainsi de l'importance au fur et à mesure qu'il se décharnait.

La préparation terminée, vous vous demandez où trouver de la chair tendre pour farcir le doigt.

Alors, vous choisissez la partie de la poitrine au-dessus du cœur. Là, vous entaillez une tranche suffisamment épaisse et sans graisse, ensuite, sans la détacher totalement, vous la cousez sur l'index ainsi roulé près du cœur. Vous éliminez tout le jus en excès et vous laissez mijoter le tout à température ambiante pendant trois semaines…

J'ai quitté ces cuisines improvisées le bras attelé à la poitrine, en sangsue de mon propre corps. La main en visière sur le cœur comme une ombre de plomb, et sans comprendre tout à fait le bienfait du remède, l'intérêt de mélanger ainsi les chairs. L'index détonateur presque à toucher le cœur, les risques de court-circuit du sang, et toutes sortes d'idées qui me tracassaient. Et je n'avais plus que la main gauche pour me défendre contre les menaces d'une ville inconnue et hostile, contre l'hôpital, contre moi-même.

Au petit matin à l'hôtel Ibis

Un jeudi d'octobre, à l'heure du petit déjeuner. L'hôtel Ibis s'anime enfin. L'horloge sur le mur de la salle à manger est précieuse aux hommes d'affaires et aux voyageurs de commerce penchés sur leur tasse. La lotion après-rasage à peine évaporée, déjà le devoir les appelle.

De temps à autre, un regard se pose sur l'horloge puis vérifie sa concordance avec la montre. Il y a des chuchotements, des pas pressés, une cuillère qui tombe, un dernier bâillement.

Le jour se met en marche avec une forte odeur de café.

De ma table, j'observe ce rite pourtant si familier. Deux hommes conversent à voix basse. Tempes dégarnies, cheveux grisonnants sur fond de costume gris, et le propos sérieux. Ils parlent d'avenir, d'un projet immobilier. À la cinquantaine, aucune lassitude, aucun regret ne perce sur leurs traits matinaux. Ils ont le front conquérant et l'aisance des professionnels qui vont toujours de l'avant.

La serveuse m'apporte un grand café, du pain et autres ingrédients. Elle dépose le plateau, essuie ses mains à son tablier et me fait un sourire. Elle a un âge indéfinissable, une beauté incertaine et le sourire apprêté. Après une nuit de solitude, la première apparition féminine suscite toujours un peu d'émoi.

Je me demande à quoi peut ressembler Marise ce jour, à l'heure du petit déjeuner ? Je l'imagine mariée, mère de famille occupée à préparer à la hâte ses enfants. Peut-être n'est-elle qu'à une portée d'ailes dans cette ville perchoir où les oiseaux vont et viennent en éclaireurs. Quel souvenir aura-t-elle gardé de moi ? Un garçon brun à l'allure juvénile rencontré il y a si longtemps, le visage lisse et un bras en écharpe, promenant son regard triste et son ennui dans les couloirs de l'hôpital. Avec son pyjama aux couleurs camouflage, son regard oblique virant du vert limpide au marron foncé, selon la menace environnante, il errait d'un pavillon à l'autre. Une rencontre somme toute éphémère pour elle !

Je manquais alors de maturité. Je n'avais sans doute été qu'une distraction à ses yeux. Un frêle oiseau migrateur qui avait perdu la boussole et qui s'épuisait à croire en l'ébauche d'un nid amoureux, pourtant bien fragile. Et sans me méfier, le souvenir s'est embelli pour atteindre une dimension idéale, irréelle, faisant fi des obstacles et des vicissitudes de la vie.

J'étale le beurre doré sur ma tartine en son-geant à toutes ces exigences de la vie urbaine et pro-fessionnelle. Les transports en commun, les embou-teillages. L'agenda et les rendez-vous à respecter. L'emploi du temps chargé. Le téléphone. La fatigue des déplacements. Bientôt j'aurai l'âge de ces hommes d'affaires pressés, et j'en serai encore à gérer les mêmes contraintes, à rentrer chez moi où personne ne m'attend, harassé et insatisfait.

Mes deux voisins se lèvent brusquement. Ils consultent encore une fois l'horloge et enfilent leur gabardine à la hâte. L'état d'urgence les a rattrapés. Sans le savoir, ils me renvoient l'image qui m'attend dans une quinzaine d'années. Et je me demande alors si c'est là le sens que je veux donner à ma vie.

La serveuse débarrasse aussitôt leur table avec des gestes d'automate, et leurs dernières traces disparaissent. À quoi peut bien penser cette femme ? Son visage ne laisse rien paraître. Elle n'est maquillée que de discrétion et d'absence. Elle traverse dans l'anonymat le destin d'individus de passage qui n'ont pas le temps de la regarder. Elle n'est plus qu'une ombre féminine au service de clients pressés. Les sen-timents ne sont pas de mise et elle n'offre aucune prise à des souvenirs futurs.

Certes, la salle à manger de l'hôtel n'a rien d'un lieu fraternel de rencontre. Ce n'est qu'un sas de détente, de ravitaillement, où l'on fait une halte sans se retourner. C'est à peine une marche à franchir au petit matin, avant de nouvelles aventures.

En ville, on perd aisément l'habitude de lever la tête. Comme bien des clients, j'aurais pu ne pas re-marquer l'oiseau naturalisé dans les hauteurs de la salle à manger. Un échassier au plumage blanc et lui-sant. Seule l'extrémité des ailes est noire, peut-être d'avoir trop traîné dans le sillage pollué des hommes. Et son mince bec arqué est un point d'interrogation suspendu au-dessus de la clientèle de passage. L'ibis sacré – incarnation du dieu Thot dans l'ancienne Egypte – saisi dans la magnificence de sa force ! Son œil malin plane sur les voyageurs distraits qui se mirent un moment dans une ridicule mare de café. Ah ! Qu'ils doivent lui paraître vils et mesquins. Il me semble entendre le bel oiseau ricaner sur son perchoir, et inviter le passant à se ressaisir.

Je demande un autre café. Le manque de sommeil rend mes gestes imprécis. Je n'ai pas réfléchi au dossier Simonpiéri, et je suis épuisé comme après une nuit d'amour, sans le plaisir ni l'extase. Un goût amer dans la bouche. Un étrange mélange d'anesthésie et de vomi que le café n'efface pas. Aurai-je exhumé trop de souvenirs douloureux d'un seul coup ? À bout de forces, j'avais fini par enfouir le livre blanc sous la neige. Je rêve un instant à la trace éphémère que les reins d'une femme auraient laissée dans le décor immaculé de ma chambre, cependant que l'ibis sacré me fixe avec insistance.

C'est à croire que la présence du grand oiseau sur nos têtes sème l'effroi dans la volière. La serveuse a beau verser sans répit du café, les clients s'enfuient l'un après l'autre, dans la précipitation. Je regarde ma montre. En effet, il est temps.

Une journée improvisée

Avenue du Prado, la chaussée prend ses aises. Plus loin, la circulation se resserre entre les vitrines de la rue de Rome à sens unique. Et au bas de la Canebière apparaît le miroir du Vieux-Port, en appui contre le quai des Belges. Une sirène de bateau disperse les mouettes. Les passants se déploient avec lenteur sur les trottoirs alentour. Au niveau du Cours d'Estienne d'Orves, j'hésite un instant, puis je m'engage dans le parking souterrain où je laisse ma voiture.

« Le testament amoureux » est resté bien en vue sur le siège avant droit. Tant pis. Avant de refermer la portière, je glisse dans ma poche le papier marque-page qui porte un mystérieux numéro de téléphone, et auquel j'ai ajouté l'immatriculation de la voiture renversée. Je regarde ma montre. Huit heures trente. Parfait !

Au moment où je lâche la pièce dans la fente de l'appareil, j'entends comme un déclic dans ma tête. Une tonalité intérieure. Ensuite les gestes s'enchaînent. Je compose le numéro. Sur le trottoir, les piétons contournent sans rechigner la cabine téléphonique. Ils ne semblent même pas remarquer ma présence derrière les parois vitrées, ni la tension sur mon visage.

La sonnerie retentit longuement. Je pense à raccrocher, mais une voix essoufflée de jeune femme me rattrape. Puis-je parler à monsieur Simonpiéri ? Lui dis-je. C'est de la part de qui, s'il vous plaît ? Son rendez-vous de dix heures.

La secrétaire a une voix mélodieuse. J'imagine un voile pudique de rouge sur ses fines lèvres. Elle presse légèrement le combiné contre sa joue et feuillette l'agenda du patron. Les pages qu'elle tourne ont des froissements discrets de baisers. Elle a trouvé. Elle confirme l'heure, le nom du visiteur et la société. Et sa réponse est bien celle que j'attendais : Monsieur Simonpiéri n'est pas encore arrivé, monsieur. Voulez-vous lui laisser un message ? Oui, s'il vous plaît mademoiselle. Voilà, je suis très ennuyé. J'ai été victime d'un accident de la route entre Cannes et Marseille, dans le massif des Maures. C'est idiot, mais il m'est absolument impossible d'être au rendez-vous ce matin. Vous seriez très aimable de m'en excuser auprès de Monsieur Simonpiéri, et lui dire que je le rappellerai plus tard. Mais bien sûr monsieur, répond-elle. Ce n'est pas grave au moins ? Quoi ? Dis-je. Mais votre accident ! Son attention est touchante. N'ai-je pas trop parlé ? Le flot anonyme des passants glisse sur la cabine dans une apparente indifférence. Pourtant, je sens leurs souffles proches, et la chaleur du soleil à travers la vitre. Je pourrais interrompre brusquement cet échange absurde, mais une voix complaisante s'intéresse à moi. Je ne résiste pas au plaisir de la retenir un peu. Je lui réponds que non, ce n'est rien de grave. Je vous remercie. Seulement quelques égratignures. J'ai eu beaucoup de chance. Je suis en observation dans une clinique de la presqu'île de Saint-Tropez. Je compte regagner Paris dès ce soir, et faire des examens complémentaires. C'est très gentil à vous de…

Je ne sais plus que lui dire tout à coup. À chaque instant les bruits de la ville peuvent me trahir. Des cris, un moteur, une explosion, que sais-je encore ? Quelle imprudence ! C'est elle qui me sauve : Je vous souhaite que tout se termine bien, dit-elle. Et surtout, ne vous inquiétez pas pour mon directeur. Je l'informerai dès son arrivée. Je pense qu'il ne devrait pas tarder.

Quelle idée d'inventer une excuse rocambolesque, et de donner autant de détails. Je réalise que Monsieur Simonpiéri pourrait téléphoner à la clinique prendre de mes nouvelles, ou au bureau de Paris. Je pourrais prévenir mon ami Pascal avec qui je travaille. Non, il est déjà trop tard. Au lieu de cela, je sors nerveusement le papier de ma poche, remets une autre pièce et compose le numéro inconnu inséré dans le livre blanc, sans doute à mon intention. Et avant que la sonnerie ne retentisse, je raccroche.

Qu'est-ce qu'il me prend de me comporter ainsi ? Est-ce la fatigue, le manque de sommeil ? On dirait qu'un ressort s'est cassé dans ma tête. La fêlure viendrait-elle du passé ? Une sueur bizarre m'envahit. Et la cabine téléphonique se met à tourner comme un gyrophare, telle une boussole désorientée, attirant l'attention sur moi. Et j'ai honte de m'exposer ainsi derrière les vitres. Je m'en dégage avec la maladresse d'une chrysalide et je m'éloigne en titubant.

Ah ! Ce maudit livre blanc, je songe soudain, persuadé de tenir le coupable. S'il n'était pas resté dans la voiture, je m'en serais débarrassé dans le port pour refermer au plus vite la plaie ouverte par inadvertance dans la nuit des Maures.

Lendemain d'opération

À l'hôpital, le lendemain de la greffe à l'italienne, le chirurgien tire par à-coups sur les bandes collées qui m'entourent le buste et retiennent le bras plaqué sur la poitrine. Assis sur le lit, je sens mon corps se dénuder. Le déchirement des bandes laisse de douloureuses traces de brûlures sur ma peau. Je me tiens raide, sans une plainte.

Dans la chambre du pavillon, les étudiants en médecine assistent au dépeçage. Que pensent-ils du corps frêle souillé de colle et de sang séché ? Ils ont des faces livides ou fascinées. Une fois la momie dénudée, il se fait un silence de fin du monde. La tête me tourne un peu. Je n'ose baisser les yeux vers ma main cousue au corps. Je devine une masse dilatée. La liaison contre nature du doigt et le sang répandu ajoutent à la désolation. Le spectacle que je ne vois pas me devient insupportable dans le regard des autres. Et puis il se produit un mouvement bizarre parmi les étudiants. Une fille glisse tout doucement et chute, évanouie. J'aperçois alors sur le visage du docteur J. une lueur de fierté, et tous ces petits signes qui expriment la satisfaction.

L'infirmier-major soulève l'étudiante et la maintient contre lui d'une manière équivoque, les mains sous ses seins. Un camarade lui tapote les joues. Les paupières restent baissées sur son beau visage blême. J'essaie d'imaginer l'effet désastreux que j'ai pu lui faire. L'énorme main violette - un épouvantail ! - et les éclaboussures tout autour comme si on l'avait égorgée. Le doigt enfoncé dans ma poitrine déformée, devant ses yeux de débutante ! J'ai honte.

Le chirurgien s'adresse aux étudiants. Il leur explique ce qui m'est arrivé. Il leur dit que ma greffe a besoin d'être nourrie par l'organisme. C'est la raison de cette union fusionnelle entre la poitrine et le doigt. L'atmosphère se détend un peu. Il y a de la curiosité et de la compassion dans les rangs. La fille relâchée par l'infirmier-major me sourit. Je ne bouge pas, de peur de rompre le maillon fragile épinglé sur mon corps, de crainte aussi de décevoir le chirurgien.

Les visiteurs partis, l'infirmière me lave avec du coton et de l'alcool. Son ardeur prolongée sur mon ventre et mon dos, sa manière de frotter sans jamais heurter la couture du doigt, son souffle sur ma peau irritée où percent de petits boutons et ses odeurs de femme, tout au long de ses faveurs j'éprouve une sensation de délivrance et de jouissance qui me transporte. J'ai bientôt un aspect présentable. À la fin, elle m'entoure d'un pansement frais, en tissu léger, et regarde avec tendresse mon bras blotti contre la poitrine.

Tant de peine pour me réconforter n'efface pas l'infirmité et ma gêne. Je reste de longues heures allongé sur mon lit. Désormais l'index se cache dans mes chairs, et rien ne l'empêche plus d'y mettre son infection. Mais l'autre mal qui m'accable sur le moment, c'est le vide laissé par le départ de Jean.

Dans le flou du réveil après la greffe, je voyais trotter dans la chambre une ombre méconnaissable. Une silhouette inconnue au déhanchement exagéré. Un instant j'ai pensé, en retenant ma respiration, au geôlier noctambule de la clinique. Cependant le corps lourdaud, mal équilibré, battait la chambre comme son propre territoire. Les odeurs de la pièce avaient changé. Un mélange de tabac et de vieille sueur avait déjà recouvert le goût d'anesthésique au fond de ma gorge.

J'ai très vite compris que Jean était parti le matin même de l'opération. Sa poignée de main silencieuse était bien un adieu. Plus tard on m'a dit la vérité. Depuis deux jours il était libre de partir. Il a demandé à rester encore à mes côtés. J'ai pleuré son geste. J'ai pleuré la perte d'un compagnon, mais discrètement, rien que pour moi, comme il l'aurait souhaité. Ensuite, j'ai songé à la joie des bêtes à son retour. Aux jappements du chien, à sa langue râpeuse sur la figure de son maître. Je croyais aussi entendre le tintement des clochettes comme un vol d'étourneaux sur la montagne. Et j'ai encore eu des larmes, mais cette fois j'ai pleuré un peu comme l'on prie, pour qu'il soit heureux là-haut parmi les siens, avec ses muscles neufs.

Non, après cette cinquième opération, il ne me tardait pas d'ouvrir les yeux.

La vie à l'hôpital

À vrai dire, la vie quotidienne à l'hôpital, je ne m'y habitue guère. Encore moins à l'absence de Jean. Le jour ne se lève plus sur les montagnes et les troupeaux, ni avec l'odeur du bon pain de campagne, ni le goût persistant du fromage et du saucisson.

Pourtant, dans le couloir du service, les pyjamas m'acceptent mieux. Mon handicap me rend crédible, car un malade en trop bonne santé, ça semble louche ! J'ai une opération bizarre à raconter, bientôt avec photos à l'appui. Une greffe unique, à l'italienne ! Ainsi, je bavarde avec les corsets, les fauteuils roulants, les plâtres et les béquilles, même avec les fêlés de la tête et le temps s'évacue plus vite.

Je rame à ma manière dans le couloir central, avec un seul aviron pour toutes les manœuvres ici-bas.

La journée, les infirmières courent sans répit, les bras chargés de potions, et les médecins opèrent, traitent et veillent sur les corps en péril. Et malgré toute leur énergie, leur dévouement, le malheur arrive encore à s'inviter dans l'hôpital. En effet, j'avais un peu oublié la chambre voisine qu'on pouvait croire sous scellés tellement elle était bâillonnée par l'obscurité et le silence. Une femme entrait parfois sans bruit. Elle en ressortait le teint blême, la mine défaite.

Ce matin-là pourtant, la porte était ouverte et les rideaux enfin écartés. Une lumière fade tombait sur le lit défait. En me frôlant dans le couloir, un fauteuil roulant me dit, le visage grave : Il a cassé sa pipe pendant la nuit. À dix-sept ans, je ne comprenais pas encore le sens précis de ces mots. J'ai quand même regagné ma chambre à la hâte.

Prostré sous mon drap, j'avais la chair de poule. Pendant mon sommeil, la mort avait frappé derrière la cloison. En vérité, je ne connais rien de la mort, c'est sans doute pour cela que je la crains.

À la place de Jean, on a mis un vieux légionnaire. Depuis, la chambre ressemble à une arrière-salle de bistrot. La nuit, je le regarde dormir. Sa masse répugnante souffle comme une baleine. Et je regrette le bon temps avec Jean, sa voix calme, sa discrétion.

Mon voisin légionnaire est une sorte de géant aux manières rudes et vulgaires. Malgré son teint nordique et sa moustache, il se prétend de Marseille. On sait bien que les légionnaires sont de partout et de nulle part !

Quand la colère le prend, il cogne dans le vide et sa figure se couvre de veinules écarlates qui remuent comme des vers. Quant à moi, je m'écrase au fond du lit et j'attends qu'il se calme.

Il a fait la guerre d'Indochine et celle d'Algérie. J'ai compris qu'il était en manque, et que la guerre est sa vraie patrie. Voilà des mois qu'il navigue d'hôpitaux en maisons de repos, à cause de sa jambe cassée en plusieurs morceaux. À chaque opération, on la lui raccourcit un peu. Il porte des sabots orthopédiques. La semelle du pied droit est un empilement de lamelles. Un perchoir instable ! Au vieillissement des tranches de bois, on doit pouvoir reconstituer les décrues de sa jambe, un peu comme on lit l'âge d'un arbre sur la coupe du tronc.

Quand-on se fâche tous les deux, j'ai ma revanche toute prête. Je sais comment le faire chuter de son piédestal. Dans mon imaginaire, je lui vole ses sabots pendant la nuit et les jette dans le four crématoire. Jean m'en a montré l'accès.

Plusieurs fois j'ai tenté d'oublier mon sort, le légionnaire, l'hôpital et sa patientèle interlope. Je fouille dans ma valise en carton et je choisis un roman. La tête sur l'oreiller, je lis. Une page, puis deux, quatre, dix et mes pensées font du surplace. Je suis gauche, même dans ma lecture. Les bruits du couloir, les borborygmes du voisin, les odeurs macérées de la chambre, tout l'hôpital me retombe dessus comme un étouffoir et m'exaspère. Les pensées troublées, je renonce alors au voyage, à l'évasion. D'un geste las, je remets le livre sur la pile, puis je sors de la chambre.

C'est encore dans la cour centrale de l'hôpital que je respire le mieux, bien que rien ne pousse plus sur le grand rectangle de terre stérile. C'est à croire qu'on y déverse toutes les fioles usées et les détergents du voisinage. Qu'importe ! On y trouve quelques bancs et de l'air frais, une vague impression de liberté.

Un ciel immense croise au-dessus et donne le vertige. Certains jours, le vent d'est ramène de sa traversée lointaine un peu de poussière des Maures. Je devine l'odeur des bruyères et des pins mélangée au fourrage des grands nuages blancs. Je crois entendre le murmure affaibli des collines, une sorte d'appel dans le lointain. Une lueur traverse alors mes poumons comme un miracle. Un apaisement salutaire.

D'autres fois, c'est la couleur de la cour qui déborde dans le ciel et lui donne une teinte sale. Son reflet terne inonde lentement la terre entière, et il me semble que la ville et le ciel sont définitivement condamnés. Que les fortifications de l'hôpital ne résisteront pas longtemps à l'épidémie ambiante, à une tempête d'un calme morne, désespérant.

Je me dis alors que tout espoir de guérison est peut-être perdu à jamais.

L'errance du publiciste dans la ville

Le cours Saint-Louis, près de la Canebière, ressemble à une place de foire avec ses baraques en bois. Leurs visières relevées dès l'aube, il en sort des arômes et des odeurs bon marché. Un homme rondouillard grignote une brioche devant l'enseigne « Miam-Miam Glouglou ». Plus loin, à l'enseigne « Toinou », une dame âgée plonge ses mains dans la pêche du matin. Je m'éloigne de cette mangeaille matinale et des odeurs de poissons frais, par la rue de Rome.

Qu'est-ce qui m'a pris de repasser au parking récupérer le livre blanc ? Je le tiens sous le bras, un peu comme on se promène avec un guide touristique volumineux. Et j'ai toujours au fond de ma poche, le papier sur lequel est noté un numéro de téléphone mystérieux.

De loin, je reconnais le dessin en étoile de la place Castellane et sa ronde de platanes. Au-delà s'étire l'avenue du Prado, et sur la gauche, l'avenue Baille et ses montagnes russes.

Place Castellane. Une place gravée dans ma mémoire comme un pôle. C'est là qu'autrefois mon doigt malade est venu se retremper dans le vertige de la vie. La fontaine monumentale pourrait encore en témoigner. Mais ceux qui la frôlent chaque jour n'ont pas le temps d'écouter ses histoires ; ils avancent pressés, déjà ailleurs. Ils franchissent ses bornes à la hâte. La fontaine n'était qu'un repère ordinaire sur leur trajectoire.

C'est étrange. Assis sur ce banc une heure plus tôt, j'aurais pu me voir passer au volant d'une voiture de location, dans un autre rôle. Un publiciste allait à son rendez-vous d'affaires. Puis sa peau trop sérieuse et tendue a fini par se craqueler. Et - miracle ! - me voilà paisible promeneur posé sur un banc, à contempler la fontaine !

Parmi les cascades et les corbeilles de fleurs, les personnages de légende ont gardé leurs poses lascives. Et l'immense colonne blanchâtre rejoint, dans les hauteurs, la statue drapée de Massalia qui regarde la Canebière, un vaisseau posé sur sa main gauche. Combien de gens lèvent assez haut la tête pour saluer au passage sa présence ténébreuse ?

Pourtant, il en est ainsi depuis 1911. Dans l'indifférence générale, la fontaine du marbrier Jules Cantini n'a jamais cessé de jouer ses airs de liberté, tandis que la place propose à chacun une palette de directions. Un carrefour de luxe pour les promeneurs !

Les jours de grand ciel clair, on peut deviner sur les épaules de Massalia le reflet minéral des grands déserts d'Afrique, comme une légère traînée de sable aux éclats étoilés.

Sous le regard bienveillant de la déesse de marbre, on traversait la place en courant, main dans la main avec Marise. C'est d'elle que je tiens le pôle enchanteur de la fontaine Cantini, le centre-ville de mes souvenirs. La fontaine aux milliers de rayons lumineux qui enfonçait ses piques dans mes chairs d'adolescent.

Mis à part la fontaine, les platanes et les artères principales, que reste-t-il désormais de la place familière à Marise ? Car c'est aussi là que j'avais perdu sa trace. J'étais revenu à l'hôpital pour un dernier contrôle. Elle m'avait donné rendez-vous en ce lieu aux allures de tourniquet en perpétuel mouvement. Devant moi, les façades restaurées et les trottoirs pavés, les bancs déplacés, la circulation changée, tout a été fait pour effacer son souvenir. Même le métro est venu jusqu'ici lui rendre un dernier hommage. Un bel exemple de l'ironie du temps, et sa manière de transformer les décors de la mémoire !

Même la pissotière sous la place a disparu. Au bas des marches, le ruissellement continu de l'eau sur un mur et les odeurs d'urine. Je me souviens d'un individu qui se déplaçait le long de la pissotière, son sexe à la main. Il se rapprochait de moi. Je m'étais enfui avec mon envie satisfaite à demi. Et la dernière fois, un bel homme brun au regard brillant m'avait suivi. J'étais encore naïf, peu averti des usages pervers de la ville. Pour le perdre, j'avais dû m'éloigner de la place. À ce jeu absurde, j'avais dépassé l'heure du rendez-vous avec Marise. Impossible de la retrouver par la suite parmi les silhouettes qui tournaient autour de l'immense place dans le plus grand désordre. Je ne saurai jamais si elle était vraiment venue.

Aujourd'hui, la farandole des ombres, la musique des jets d'eau, l'allure hautaine de Massalia sont autant de signes qui me ramènent sans effort vers une époque révolue. Le soleil frappe de plein fouet la colonne de marbre. Sur un banc, un vieil homme jette du pain aux pigeons. Il m'observe du coin de l'œil. Peut-être est-il là depuis des années, et capable de deviner les intentions des passants. Sans doute est-il intrigué par mon attitude ? Je fais semblant de lire sur mon banc, lorsqu'une ombre s'arrête devant moi : s'il vous plaît, monsieur, je cherche la rue Roger Brun. Un homme jeune, en costume bleu marine, me regarde tout en balançant nerveusement son attaché-case. Sa question est sérieuse. Je le vois à la détermination froide du regard. Une sorte d'ultimatum ! Il vérifie l'heure sur sa montre. Il piétine. Il compte sur moi pour le remettre dans le droit chemin. J'ai l'impression d'avoir déjà vécu cette situation en d'autres villes, en d'autres temps. J'étais alors à sa place, aussi impatient que lui. J'ai envie de lui tendre le livre blanc pour l'apaiser, lui faire comprendre que son retard n'a rien de grave comparé à la voiture renversée dans le chemin creux, au conducteur disparu. D'ailleurs, un peu de lecture et de repos lui feraient du bien. Vous verrez, c'est un calmant efficace ! Mais je n'ose me dérober à son attente : vous remontez la rue Sainte-Victoire plus loin, dis-je en pointant la direction. Si je me souviens bien, vous prenez la deuxième à droite. Vous filez tout droit dans la rue Paradis, puis sur la gauche…

Avant que je n'aie terminé, il court déjà. Sans même me remercier, l'ingrat ! Je réalise soudain mon erreur. J'ai indiqué une adresse que j'avais en tête, où je compte me rendre sur les traces éphémères de Marise. Quant à la rue Roger Brun, jamais entendu parler. Pas le temps de lui dire.

Fort heureusement, il y a toujours le muscle vivant de la fontaine qui bat au centre d'une vaste coquille ouverte. Deux pigeons s'envolent et rasent le remous des jets d'eau. Sur le trottoir, une horloge marque neuf heures quarante-cinq. Elle semble arrêtée, ou peut-être factice. Je regarde les enseignes sur les façades alentour, ravalées par les hommes. Bar « Les Mille Colonnes ». Restaurant « Au Pescadou ».

Enfin, plus haut dans le ciel, sur le fronton d'un immeuble, le mot « Coquillages » comme une étoile échouée.

Hélas ! Tous ces signes ressemblent à de fausses pistes, car ils sont arrivés après Marise, déjà dans son souvenir. À l'époque de notre rencontre, j'avais dix-sept ans et elle vingt et un. J'aimais sa fureur de vivre, sa manière de braver les interdits et de m'entraîner loin de l'hôpital. Elle nous mettait hors-la-loi et cela m'excitait. Si elle vit toujours dans le même quartier, est-ce que je la reconnaîtrais parmi ces femmes maquillées qui passent sans sourire et que j'observe discrètement ?

Ah ! Le manège réjouissant de la fontaine d'où pourrait ressurgir entre les vapeurs d'eau, comme dans un rêve, tout un pan de ma vie avec sa fraîcheur d'antan. Sur les hauteurs de la colonne, je remarque une étrange zébrure. La foudre aurait-elle frappé la déesse inaccessible ? Le monument se lézarde un peu, comme le passé dont il porte témoignage. Derrière Massalia, l'avenue du Prado étire sa longue traîne jusqu'à la mer où veille l'œil noir des oursins, multiplié à l'infini.

Moments d'errance à l'hôpital

De jour, l'hôpital de la Conception grouille comme une ville. Les visiteurs rayonnants de santé ralentissent à peine aux carrefours. Certains se perdent. Ils restent le bec en l'air, leur petit présent sous le bras. Je les remets sur leur chemin. Et, sous couvert de ces menus services, je me laisse dériver loin de ma chambre qui m'inspire dégoût et ennui, la carte touristique de Jean en tête.

J'ai la tenue anonyme du malade qui tue le temps comme il peut. La manche du pyjama flottante et la main sur le cœur, je deviens transparent. Mais parfois je sens un regard qui s'apitoie. On me prend pour un amputé. À d'autres moments, je renifle devant les blocs opératoires où les portes claquent comme des guillotines. Les admis en ressortent à l'horizontale, hachés menus et enveloppés de gaze, une fiole accrochée au bras.

L'air naïf et distrait, je rode près des chasses gardées. Là, je surprends deux blouses blanches de forte carrure qui ouvrent des serrures et des cadenas. Ils traînent un grand sac de jute si pesant qu'il pourrait contenir un corps humain. Puis les porteurs disparaissent par un passage dérobé.

En suivant la carte invisible de l'hôpital apprise par cœur, je n'en poursuis pas moins ma tournée, car les curiosités ne manquent pas. Le service des grands brûlés, celui des grabataires, des traumatisés... Je voyage dans le sordide. J'explore, j'apprends. Jean le berger serait fier de son élève.

Je tombe en arrêt devant le silence glauque qui embaume le service des comateux. Une grande salle sombre et haute de plafond. Si haute qu'elle semble donner sur le paradis. Les lits sont abrités derrière les paravents de la salle commune. Les infirmières vont de l'un à l'autre avec une infinie lenteur. On pourrait croire qu'elles butinent ce qui reste de vie aux pauvres bougres dans le coma, alors qu'elles tentent de ranimer l'espoir.

Ici, la mort commande et désigne les élus. La liste d'attente est longue. Certains sont là depuis des mois. Ils ont déjà perdu le goût de la lumière et de la nourriture. Le simple goût de vivre. La nuit grandit en eux et les dépasse. Ils attendent leur tour. Derrière l'éventail des paravents, la moindre plainte résonne comme une profanation.

Une infirmière a remarqué ma présence près de la porte. Elle me regarde avec insistance. Ses lèvres bougent mais je ne l'entends pas. Le vent du silence est glacial. J'imagine les congères qui se forment contre les paravents. L'infirmière me fait des signes. Je me retire sans rechigner. Sous les arcades de l'étage, le vent s'engouffre dans mon pyjama et ses massages me font du bien.

Peu à peu, je comprends mieux les règles qui régissent la gigantesque machine à soigner. Avec l'ardeur et l'inconscience de mes dix-sept ans, je découvre les chemins qui mènent de vie à trépas. Les détours sinueux et les voies sans retour, et parfois quelques accès qui restent insondables. Peut-être renvoie-t-on plus vite chez eux les patients trop curieux, ceux qui en savent trop ! Pour le moment, j'observe ce vaste échiquier avec curiosité. Les pions blancs valides doivent sauver les pions noirs en difficulté. C'est la règle de base. Et chaque jour il y a des pions éliminés, définitivement. La mort se plaît à tenir le rôle d'arbitre.

C'est sûrement au jeu de dames avec le légionnaire que me viennent ces idées morbides sur l'hôpital. Un jeu de caserne où mon voisin excelle. Assis l'un en face de l'autre, on joue. Son haleine sent le vin et le tabac. La marque du képi est restée à jamais sur son front, réduisant un peu plus sa capacité cérébrale.

Malgré son handicap et ses gros doigts, il sonne la charge et ses troupes finissent toujours victorieuses sur le damier. Il en rote de joie. Le sang afflue dans ses yeux. Tu as droit à une revanche, me dit-il d'un air dédaigneux. Je baisse la tête et songe au bon feu de bois que je vais faire avec ses sabots.

Finalement, j'exige d'avoir toujours les pions blancs. Il grogne un moment, montre ses dents abîmées par les fièvres des marais, puis il cède. Son désir d'écraser l'adversaire est trop fort pour s'arrêter à un caprice. Il est toujours obsédé par la guerre, lui. Et aussitôt il rameute ses troupes.

Mais voilà qu'au fil des batailles l'élève finit par terrasser le maître. Et le légionnaire fulmine. Ses gros doigts piégés hésitent, se replient contrariés. Sa main se referme, menaçante. Et moi, je suis fier d'être un pion blanc. Par moments, sa fureur est telle qu'il jette ses sabots en jurant et manque de chavirer. Sans eux, il est aussi gauche qu'un oisillon tombé du nid. Un vieil oisillon teigneux, hideux.

C'est fini, le légionnaire a perdu la guerre et refuse l'armistice. Il ne joue plus. Il est déchu. Sentinelle chaotique dans son boudoir forteresse, il rumine sa peine. Il fait pitié à voir.

De temps à autre, j'accepte un rôle d'estafette. J'enfile mes habits de ville et sors discrètement. La lumière de la rue est violente. Je sifflote un air de l'été précédent qui me rappelle les sorties en compagnie des filles. Et mon cœur bat un peu plus vite dans ma main droite cousue sur lui. C'était dans un autre monde, avant la guerre des oursins et les tranchées de l'hôpital, avant l'assaut désespéré du légionnaire. Pourtant, le ciel est lisse comme autrefois. Il n'y a pas un souffle de vent dans la manche à air vide de mon pull et, dans la rue, personne ne s'étonne de l'absence du bras.

À mon retour, l'homme se jette sur les bouteilles de vin avec la fièvre du soldat à court de munitions. Il les range sans les cogner au fond du placard et les recouvre de linge sale. Besogne faite, il se frotte les mains et me tape sur l'épaule. Tu es un brave petiot, dit-il. Et moi, je vois ses sabots qui brûlent dans le four, et je me frotte les mains à mon tour.

La première fois qu'elle vient le voir, je suis sur mon lit à feuilleter un magazine. Tu as encore bu, tu sens le vin, dit la petite femme de sa voix fluette en fixant le vide. Elle reviendra deux fois par semaine, accompagnée jusqu'à la porte par le chauffeur de taxi. Car elle est aveugle la petite femme qui se retient au lit du légionnaire. Elle va ainsi de branche en branche, comme un serin perdu dans la grande ville. Elle lui dit encore sur un ton suppliant : tu ne devrais pas boire autant.

La réponse de l'homme est incohérente. Des lucioles dansent sur son regard. Et son clin d'œil moqueur, qui veut me rendre complice, me met mal à l'aise. J'ai déjà pitié pour ce cri de détresse de la petite femme dans son coma nocturne.

Il l'a connue par une agence matrimoniale. Il me dit : je suis trop vieux pour continuer à bourlinguer avec ma patte folle. Elle a une maison et une pension. Et elle a besoin de moi, à cause de ses yeux déglingués. Elle tient à moi. C'est pourquoi on s'est mariés.

Tout cela, il me l'a dit sans pudeur après qu'elle soit partie en pleurs et sous les insultes. Je n'ai pas dit un mot pendant la dispute. Sans ma présence, je crois qu'il l'aurait battue. Aussitôt après, il a plongé une main nerveuse dans son placard. Il a attrapé une bouteille de vin et l'a vidée presque d'un trait.

Pendant un temps interminable, j'ai fixé le plafond. J'y voyais toujours, incrustée, la figure malheureuse de la petite femme. Une épouse naïve et bonne. Un jouet entre les mains d'une brute, et j'étais en train de devenir son complice malgré moi.

A la rencontre des autres patients

À l'hôpital, pour peu que l'on sorte de sa chambre, on arrive à connaître du monde. Les malades changent lentement dans le service et le long couloir central est notre Canebière. On y vient aux nouvelles, aux encouragements, chacun selon ses forces et son envie. Ceux qui ne peuvent pas quitter leur lit laissent la porte ouverte afin que les bruits du couloir viennent jusqu'à eux.

Bien sûr qu'ils ont entendu parler du petit Napoléon, commissionnaire dévoué et passe-partout. La main sur le cœur, il a ! Son bras à l'italienne, on dit que c'est à cause de la mer... agressé par des oursins qu'il a été, je te jure !... Et là-dessus une infection dégueulasse... Il se passe des choses dans la mer ! Enfin, voilà à peu près ce que l'on dit de moi jusque dans les lits retranchés.

Aussi simplement que si j'étais rentré dans un bar, me voici dans une chambre où se réunit une sorte de clan. On y compte cinq à six pyjamas, jamais plus. Une fois la porte refermée, il se raconte des histoires bizarres, des confidences et des petits secrets à demi-mot. Les langues se délient, et il arrive souvent que l'on rie sans retenue.

Au début, ils me font raconter l'histoire de l'index. Ils me questionnent comme si j'étais un simulateur, un intrus. Je finis par défaire un peu mon pansement et montrer le doigt cousu sur la poitrine. Il y a des soupirs dans la chambre.

Le vieux malade aux tempes grises n'a pas réagi. Il est resté muet tout au long de mon histoire, tassé dans son fauteuil roulant. Il a une figure sombre de hibou, des cernes épais autour des yeux. Alors que les autres ne savent que conclure, il se met à rire fort. Puis tous les pyjamas l'imitent. Dans le clan, il tient le rôle du sage. Je comprends à ce moment-là que je suis accepté.

Le regard autoritaire du sage va de l'un à l'autre quand il parle. Causeur habile, il marque des pauses réfléchies afin que les mots infusent. Parfois ses cernes s'élargissent et font des vagues jusqu'au front et au menton. Personne ne l'interrompt. C'est une règle tacite.

Il parle après moi, en rapport avec mon histoire. J'ai connu un fakir sur la place de Marseille, dit-il. Oh ! C'était il y a longtemps. Il brisait des chaînes, il mangeait du verre, il dormait sur les clous, enfin tous ces trucs qu'on connaît. Un fakir normal quoi ! Un peu magicien peut-être. Ce jour-là, il faisait son spectacle en plein mitan du marché. Et on sentait bien depuis un moment qu'il voulait nous épater.

Le sage parle avec lenteur, sur un ton grave, ses yeux cerclés d'acier grands ouverts, et les mots tombent comme des pavés dans un lac de silence. Quand il marque une pause, les cernes se remettent en place autour des yeux.

Le fakir, dit-il encore, c'était un petit bonhomme maigrichon à l'accent étranger. Il est arrivé torse nu sur le marché et il a déballé tous ses accessoires devant les chalands. Il commence par agiter ses chaînes puis, tout à coup, il se met à humer l'air. Il passe devant moi et s'approche de la mère Emilie, la poissonnière. Et tout le monde regarde le fakir, pardi ! Coquin de sort, qu'est-ce qu'il va bien pouvoir nous sortir encore ce fada, on se demande. La mère Emilie a les poings sur les hanches. Elle se méfie. Elle le connaît le bougre, avec ses manies bizarres. Lui, il s'avance et la fixe droit dans les yeux comme s'il voulait endormir une tonne de graisse. On rigole déjà nous autres. Eh bien, figurez-vous que le fakir a pris un petit oursin noir sur l'étal, et qu'ensuite Emilie a poussé un cri de frayeur, la main devant sa bouche quand elle l'a vu faire. Tous d'ailleurs on est restés baba. Le fakir a avalé l'oursin entier d'un coup, sans une grimace. Ma parole, j'étais là ! Je l'ai vu de mes yeux.

Les pyjamas restent silencieux. Le vieillard se tasse de nouveau dans son fauteuil, sa tête de hibou rentrée dans les épaules. J'avale ma salive et je rougis un peu. Je me sens ridicule, un relent d'anesthésie en bouche comme un haut-le-cœur. Et un long moment se passe avant que l'un d'entre nous n'ose briser le silence.

Les histoires du clan

Désormais, je fuis souvent la chambre du légionnaire pour retrouver le clan. Et je rentre avec malice dans le jeu de ces saltimbanques de la douleur et de la comédie. Un huis clos qui ressemble à un conte vécu tellement j'aime à me laisser convaincre.

L'hôpital forme un étonnant concentré du monde extérieur où se rassemblent ceux qui sont temporairement dans l'impasse, ceux qui sont atteints dans leur intégrité charnelle ou morale, les exaltés qui ont tenté des aventures extrêmes et pris des risques jusqu'à l'échec, à la blessure. Tous ces laissés pour compte que l'on a rassemblés sous le grand chapiteau où ils jouent leur propre rôle et partagent l'ironie ambiante.

Donc, à la fréquentation du soldat que le vin rend mauvais, je préfère de beaucoup l'atmosphère du tripot tenu par Paulo et Nightingale. Dans la chambre double des tenanciers s'installe chaque jour un théâtre ambulatoire. On peut y être acteur, spectateur ou les deux à la fois, c'est au choix. Et personne ne force personne.

On y parle de la canaille et d'affaires louches, de rencontres incroyables et de coups tordus. Souvent, je me contente d'écouter car le testament de ma vie tient en peu d'épisodes. Et je joue volontiers le rôle de la mascotte ignorante. C'est par leurs bouches que je voyage. Je découvre un monde nouveau, celui des vagabonds et des malfrats, des meneurs d'hommes et des moins que rien, des paumés et des insoumis qui errent dans les bas-fonds de Marseille. Oui, mes compagnons de palabre débordent d'histoires sur des individus toujours un peu à côté de la loi, comme si elle n'était pas vraiment adaptée à eux, à leur tempérament et leur façon de dépenser la vie.

L'hôpital devient ainsi un terrain neutre où les langues se délient. Un lieu d'immunité, peut-être même une terre d'accueil pour certains, sous le pavillon blanc de complaisance. Et la grande ville qui m'accueille se transforme soudain en cour des miracles. Tous ces personnages grand-guignolesques vont se planter dans mon cœur naïf comme la foudre s'abattrait sur moi par le paratonnerre de l'index. Oui, leurs histoires me causent des brûlures indélébiles et, sans le savoir, ces conteurs m'aguerrissent et me préparent au monde du dehors.

Longtemps après, je les convoque de nouveau avec tendresse, pour mieux les écouter et les comprendre. Oui, dix-sept ans plus tard, malgré leurs métaphores anecdotiques, leurs pirouettes verbales et leurs fantaisies d'alors, ils débordent encore de présence, tout comme de vie et de vérité.

Nightingale est maigre et filiforme. Le regard presque aussi sombre que sa peau de métis. Il sort peu de sa chambre où le clan se réunit. Une sonde mal placée contrarie ses manœuvres. Lorsqu'il rit trop fort, la douleur lui tord le ventre. Il rajuste alors la sonde comme on le fait d'un thermostat.

Je l'aime bien Nightingale avec son air mystérieux et attachant. Il parle avec des roucoulements prolongés tout en agitant ses longues mains. On a envie de le croire sur parole. Pourtant, rien n'est clair dans sa vie qu'il traîne comme une ombre compromettante.

Il a grandi au quartier de la Rose, dans une famille si nombreuse qu'il n'a jamais su le compte exact. De Marseille, il connaît surtout la nuit, Notre-Dame des bistrots et l'Opéra Night-club où ses pistes se perdent. Il a fait tous les petits métiers nocturnes, Nightingale. Des occupations qui ressemblent à autant d'alibis. Il prétend aussi s'être éclaté comme chanteur dans un orchestre jamaïquain. Il parle souvent de son frère aîné comme d'une idole, aveuglé qu'il est par son modèle. Pourtant, l'idole est en prison, mais elle court toujours dans ses récits, dans la version libre de ses aventures.

L'autre tenancier de chambre, c'est Paulo le pied-noir. Un beau garçon à l'allure romantique et aux épaules larges qu'il roule toujours à propos. Il ne présente aucun signe connu de maladie ou de blessure. Curieusement, il ne se vante d'aucun mal et ne souffre pas. À peine si l'on peut voir un peu de crainte parfois au fond de ses yeux clairs, et sa manière instinctive d'être sur ses gardes lorsque la porte s'ouvre. Je finis par penser que Paulo est là pour se planquer.

Des poèmes d'amour, Paulo en connaît des dizaines par cœur. Il n'en retient jamais le nom de l'auteur. Il dit que les mots appartiennent à ceux qui s'en servent. Et lui se sert des poèmes des autres pour courtiser les filles. À l'hôpital, que l'une passe à portée, aussitôt il gonfle son jabot et sort son refrain. C'est maladif chez Paulo, mais on ne le soigne pas pour ça non plus.

Paulo me dit : petit, je t'emmènerai chez les filles... Je souris. Il hoche la tête un moment. Il songe au service des femmes en cure d'amaigrissement où il va faire son commerce. Oui, c'est là qu'il va, fier comme un coq dans son pyjama amidonné, répandre les bons mots et semer sa graine. Il prétend que les femmes rondes lui tombent dans les bras dès qu'il pousse son chant d'amour. Et qu'il est né pour séduire, que c'est ainsi et que l'on n'y peut rien. Il se vante de les prendre parfois dans le monte-charge bloqué entre deux étages.

Pour Paulo, baiser c'est comme se laver les dents, une hygiène de vie. Les autres rient de ses exploits. Lorsqu'il en parle, il se caresse doucement le sexe par-dessus le pyjama comme pour l'apaiser. Du calme, du calme, reste tranquille, ton tour viendra.

Malgré ma naïveté de façade, je n'aime pas passer pour un imbécile. Alors j'enquête discrètement. Ce jour-là, Paulo sort de sa chambre rasé et parfumé, les épaules gonflantes sous un pyjama propre. Il quitte le pavillon. Je le suis à distance.

Une lumière floue éclaire les allées. On approche du grand hall d'entrée. Je redoute soudain que

Paulo ne s'évade de l'hôpital en pyjama. Je me tiens prêt à le héler, car après les derniers vitraux, c'est le vertige de la ville. La réalité du dehors, impitoyable pour ceux qui se risquent à sortir avant la guérison.

Paulo avance d'un pas nonchalant vers le bureau des entrées où une rouquine épaisse bat des cils en le voyant. Sa robe de chambre rose recouvre ses rondeurs jusqu'aux chevilles. Elle respire fort, les lèvres entrouvertes.

À l'abri d'un pilier, je n'entends pas les paroles de Paulo qui la flattent tant. La rouquine se pâme. Ses bourrelets frémissent déjà de plaisir. Puis leurs silhouettes s'éloignent, muscles contre graisse, prêtes à fondre l'une dans l'autre. Tous deux filent vers les chambres des chemises de nuit. J'ai honte à l'avance de m'aventurer jusque-là. Brusquement, les voilà qui bifurquent et entrent dans un monte-charge ! Paulo n'a pas menti. Ils se hissent ensemble jusqu'au septième ciel réservé aux poids lourds.

Adossé au mur, j'attends en face du monte-charge. Le voyant indique toujours occupé. Je pense à Paulo qui va froisser son pyjama et tacher la chemise de nuit. Les passants circulent dans l'allée comme aux heures de pointe. Je suis seul à savoir ce qui se passe dans l'appareillage bloqué entre deux étages. Au bout d'un moment, deux brancardiers arrivent avec un blessé, son crane entouré de bandelettes. De ses lèvres assombries suinte un gémissement faible et continu.

Le brancardier de l'avant appuie plusieurs fois rageusement sur le bouton d'appel. L'autre piétine. La plainte du blessé me rappelle le vent qui gémit dans la cheminée de mes parents les soirs d'hiver. La tête bandée se met à balancer d'un côté à l'autre, et les brancardiers s'énervent.

Je n'ose pas leur dire que Paulo aussi a une urgence.

Ma rencontre avec Marise

Il est temps que je dise enfin la vérité sur Marise. Je l'ai connue aide-soignante, au service de l'infirmier-major. Et je ne sais toujours pas dire si elle penchait du côté du bien ou du mal. Etait-elle avec les pions blancs ou avec les pions noirs ? Elle avait le sourire enjôleur et le bonheur légèrement corrompu, Marise. Tant de joie émanait de son corps élancé ! Pourtant, elle a disparu de ma vie sans explication. C'est peut-être ce qui rend encore aujourd'hui cette idylle si lumineuse et son amour hors d'atteinte.

Sa rencontre, je la dois au clan.

On est six à bavarder dans la chambre ce jour-là, lorsqu'elle entre. Une sorte d'apparition qui aspire tous les regards et nous coupe le son. Une déesse brune surgie sur l'écume de nos respirations ! Aussitôt Paulo tente sa chance. La fille est sur la défensive ; elle connaît ses manières de séducteur. Il peut rouler les épaules, gonfler la poitrine et déclamer jusqu'à l'agonie, elle ne s'en soucie guère. Allure impétueuse de Marise. Elle sourit à l'assemblée. Toutes ses dents étincellent.

Tu sais que je t'aime, dit Paulo la main sur le cœur. Je n'en dors plus. Et il reçoit une réplique cinglante : moi, je dors très bien. Lorsque je ne dormirai plus, je te le ferai savoir. Mais tu n'es pas médecin, que je sache !

Ah ! L'arrogance désinvolte de Marise. Elle relève fièrement la tête devant le clan au complet. Ses cheveux bouclés me jettent dans les yeux beaucoup d'interrogations. Paulo baisse les bras, prend un air malheureux. Ma parole, dit-il, tu es dure et sans cœur. Si tu n'aimes pas les hommes mûrs, tu pourrais au moins consoler le petit Napoléon qui a du souci avec son doigt. Sa poitrine est à sec. L'index a tout pompé. En parlant de « mé-de-cin », peut-être que tu pourrais l'aider avec les tiens…

Devant l'auditoire interloqué, Marise s'avance et dépose un long baiser sur mon front, puis elle sort en claquant la porte. Je reste tétanisé, la trace humide sur le front et les joues pourpres.

Nightingale, plié de rire, cherche à régler le levier de la sonde qui le chatouille. Paulo se renfrogne. Le vieux sage se racle la gorge et poursuit son histoire comme si rien ne s'était passé. On ne fait plus attention à moi. Je n'écoute plus. L'écho du baiser roule encore derrière mon front et m'irrigue de bien-être.

Par la suite, chaque fois que je croise Marise, on échange un bref sourire. Elle passe en vitesse, pressée à la tâche. Et il me reste tout le temps de respirer sa traînée dans l'air, un mélange aphrodisiaque à base de plantes et d'odeurs de femme. Une médication qui me stimule. Malgré cela, je n'arrive pas à lui dire ce qui m'obsède, depuis son baiser qui a fait mouche et ouvert une nouvelle brèche du côté du cœur. Je rumine les mots à lui dire. Avec le bras en écharpe et mon accoutrement, mes paroles perdront forcément de leur force en franchissant mes lèvres. J'appartiens au camp des affaiblis et des humiliés. Alors je garde mon secret.

Puis un jour de chance se présente. Une odeur de lessive plane dans le couloir et le soleil miroite sur le carrelage encore humide. C'est un matin propre et de grande clarté, un jour propice au culot. J'attends près de l'entrée du pavillon.

Marise arrive de la ville avec son parfum violent et son allure provocante. Le sourire à l'affût sur ses lèvres fermes. Je l'interpelle : je te dois un baiser ! Elle ne répond pas. Elle me regarde avec de grands yeux et me tend la joue. Une joue frémissante, sensuelle, encore battue par le vent du dehors. Sans hésiter, je la contourne et je l'embrasse sur la bouche, sans résistance de sa part.

Désormais, notre liaison va de soi, et je vis dans le sillage illuminé de Marise. Je vis pour les moments volés qu'elle m'accorde. Je vis passionnément.

La libération de l'index

L'hôpital et la dernière traversée sous la parure blanche. Une espèce de chevauchée irréelle dans la galerie déserte. Le brancard cahote telle une diligence dans le froid de l'hiver. L'attelage des deux hommes est puissant, fougueux. Je retiens mon souffle car cela n'a rien d'un tour d'honneur. Au bout de la course, il y a autant de crainte que d'espérance.

Certes, on m'a promis la délivrance de l'index, sa renaissance dans les chairs fertiles de ma poitrine. La liberté absolue pour ma main droite et un non-lieu pour le reste. Mais il y a toujours la convoitise des médecins et leur goût effréné pour la découpe, l'atmosphère suffocante du bloc opératoire où tout peut arriver. Pendant ma course chaotique, j'ai déjà dans la gorge l'empreinte écœurante de l'anesthésique, un début de nausée.

Plus loin que les piliers et les voûtes de l'allée, au-delà des limites brisées des plafonds, je peux encore voir rebondir les éclats du soleil sur les toits. Le ciel se creuse comme un berceau alors que je m'enfonce de nouveau dans la nuit, celle des barbituriques et du complot contre le mal, celle du combat contre les chairs rebelles. Et tout au fond de la nuit, il y a une petite lueur de confiance, fragile comme le souffle d'une chandelle. Allez ! Plus vite brancardiers, plus vite, le docteur J. m'attend pour la sixième opération. Une bataille décisive !

Le calme de la chambre, à mon retour. L'ombre du légionnaire posée sur mon lit. Sa face rougeaude s'intéresse au doigt enfin détaché de la poitrine. Un pansement de gaze en cache la blessure. L'homme se gratte le menton, rumine des mots incompréhensibles. Son haleine vineuse sur ma figure. Je suis encore faible. Le poison de l'anesthésie ne quitte pas ma bouche. Et impossible de chasser cette ombre grasse qui tourne au-dessus.

Mon bras droit a gardé sa position repliée, les muscles ankylosés par trois semaines d'inactivité. Et au creux de la cuisse, je ressens une brûlure. C'est là qu'ils ont pris de la peau, une fois le doigt séparé, pour boucher la lucarne ouverte au-dessus du cœur. Tout cela me laisse une impression de désordre dans le corps, de rapiéçage dégradant, moi qui rêvais d'un index sortant de la poitrine comme un oiseau de l'horloge, et claironnant l'heure exacte de la guérison.

Le petit Napoléon est libéré ! La nouvelle se répand sur notre Canebière en miniature. On vient des autres chambres voir le doigt rescapé et son étrange rustine violâtre. Un morceau de poitrine sur le doigt ! On n'y croyait pas vraiment avant de le voir. L'index est légèrement arqué d'avoir pesé longtemps sur le cœur. Et les fils noirs des coutures bavent encore. On dirait des barbelés souillés de sang. Pourtant, voilà qu'il circule de nouveau librement dans le doigt. Et sous l'ongle qui menace de tomber comme une écorce morte, une nouvelle pousse reprend.

Mes deux mains accolées, on voit bien que l'index a été raccourci, amputé, à l'intérieur, d'une articulation. Deux points noirs dépassent à l'extrémité. L'infirmière me dit que deux fines broches d'acier traversent les phalanges pour faciliter leur soudure. Le légionnaire rit de mon doigt en brochette. En réplique, j'envisage cette fois de clouer ses sabots au plafond, et j'imagine volontiers sa danse de pantin désarticulé.

Peu à peu, je prends conscience que l'index est sauvé. Broches et fils retirés, je m'habitue à son allure tassée, à sa peau foncée venue d'ailleurs. Et mon bras se déplie lentement. Déjà, je me surprends à rêver que la main droite glisse comme avant sur la feuille de papier, que les mots se forment sans s'offusquer de l'allure déformée du doigt. Des mots vierges et souples, d'une vitalité nouvelle. Au lycée, on écoute bouche bée l'histoire un peu folle d'un doigt et d'un oursin, d'une liaison contre nature. D'un oursin maléfique qui voulait passer le mal au doigt un peu comme on offre une bague pour la vie, pour le meilleur et pour le pire.

Oui, le chirurgien me l'a dit, la greffe tient bon. Encore une semaine à patienter, le temps de savourer sa recette à l'italienne, une réussite ! Il est temps aussi, pour moi, de transmettre l'héritage aux nouveaux arrivants, toute ma connaissance de l'hôpital. Sauf que je me tairai sur son plan détaillé et les zones interdites, par respect pour Jean le Berger, un ami perdu.

Mon respect va au professeur Salmon qui a tenu parole. Et mon admiration au docteur J. qui a opéré. Je n'ai pas osé lui demander les photos de sa recomposition à l'italienne. J'imagine la réponse : C'est pour l'album de l'hôpital, pas pour celui de la famille. On ne range pas les mauvais souvenirs dans un album de famille ! Pourtant, elles manqueront plus tard à mes archives. Enfin, je songe au chirurgien de la lointaine Palmeraie, à sa clinique d'apparat, à ses lunettes bornées et ses recettes expéditives. Un personnage qui n'aura jamais une place de choix dans mon album de souvenirs.

Alors que le printemps commence à décorer les jardins de Marseille, je reprends confiance en la médecine, celle de la grande ville et des vieilles pierres truffées de galeries, celle où les vrais malades se confondent avec les délinquants en mal de repentir, celle des pions blancs et des pions noirs, celle enfin où la mort rôde derrière chaque cloison comme un loup affamé, mais où la vie se débat avec lenteur et acharnement. Celle qui m'a ressuscité et donné la force de croire en l'avenir.

Le franchissement des murs de garde

L'hôpital a quelque chose de redoutable pour ceux qui y séjournent trop longtemps sans méfiance. C'est l'accoutumance. L'apathie qui s'installe dans le confort. L'ensorcellement du mal. L'habitude que l'on s'occupe de vous, que l'on s'apitoie. Vous êtes inquiets ? Patience ! Patience ! Regardez autour de vous. Voyez ces cas bien plus graves, tous ces malheureux ! Allons, nous veillons sur vous. Dormez en paix ! Mais la position allongée affaiblit doucement le corps et l'esprit. Gare au renoncement qui tisse sa toile !

C'est à tout cela que je pense en écoutant le clan bavarder pendant des heures sans se soucier de la guérison, comme si elle était accessoire, ou inévitable. On est si bien ici, entre malades. Logés, nourris, choyés. La guérison ? Elle viendra bien un jour, puisque c'est notre destinée, la récompense d'une attente docile ; elle viendra toujours à temps. Je ne dis rien, mais je pense à Jean qui m'a appris à rester vigilant comme le chien auprès du troupeau.

Et puis, j'ai mon échappée belle ! Ma lueur de liberté. Une aide-soignante qui prend son rôle à cœur, bien au-delà de ses obligations contractuelles. Peu importe que les poils de la poitrine continuent de pousser sur mon index raccommodé et d'entretenir le désordre, il n'y a plus entre nous le bras cousu qui empêchait mon cœur de battre contre le sien. Comme ce jour où je l'attends en tenue de ville près des cuisines, et m'interroge sur la part de risques de cette nouvelle folie. Nul doute que j'ai l'air suspect. Dehors, le ciel est sombre, chargé de stratus. Marise va me faire basculer dans le camp des bien-portants par anticipation. L'expérience m'enthousiasme et me paralyse en même temps. Elle termine à quatorze heures précises. Je regarde ma montre et j'essaie de penser aux rues anonymes de la ville, à sa main chaude dans la mienne, au jeu de miroirs des boutiques où nos pistes vont se perdre, en bref de me rassurer un peu.

La porte grince. Marise est là, avec son sourire diabolique. Ensemble nous fuyons par les allées couvertes, main dans la main. Dans sa foulée, j'en oublie ma condition de malade, la retenue de mise entre ces murs. Mais voilà que je me raidis soudain et lui montre l'obstacle devant nous, du côté de la rue Saint-

Pierre. L'infirmier-major rentre tranquillement dans l'hôpital. Il nous a vus et s'est arrêté. On s'observe à distance. Il bouche la sortie. Cette fois, je suis pris. Marise est étrangement calme. Je serre sa main. Un rai de lumière flatte son profil. Parfois, la regarder ainsi suffit à me rendre heureux. Un torrent de vie passe sur son visage optimiste.

Sans un mot, elle m'entraîne dans une autre direction. Le regard du major pèse sur mon dos. Je m'attends à une sommation. La main chaude et ferme de Marise me guide toujours, et nos corps enchaînés glissent en silence. Une porte s'ouvre, puis une autre. On traverse une longue salle où nos pas rapides résonnent. Il y a des tiroirs étranges dans les murs, des cercueils rangés en bordure. Une odeur de marbre et de cire. Un homme gris nous regarde passer d'un air étonné. La traversée funambule me paraît interminable. La dernière porte cède enfin et nous courons sur le trottoir, vers le boulevard Baille.

Ensemble sur un banc, Marise rit à pleines dents. Elle m'attire contre elle. On vient de traverser la morgue, me dit-elle, fière de sa ruse. Je ne réponds pas, encore ballotté entre inquiétude et ivresse. Contre son épaule, je reprends confiance. Le soleil écarte lentement les nuages, glisse sur les toits et inonde de joie la face de Marise. Les passants ne se doutent pas que nous sommes en cavale.

À l'extrémité du boulevard, la Place Castellane où se dresse la fontaine Cantini et ses longues cascades tumultueuses. Nous marchons tout à coup dans la ville comme si l'hôpital n'avait jamais existé, occupés par le frôlement de nos corps, par nos rires complices et nos reflets fuyants dans les vitrines. Jeune femme imprévisible, instinctive, elle m'entraîne dans les magasins, entre les rayons. Nos visages se soudent un instant dans un photomaton. Puis elle ralentit l'allure et me susurre à l'oreille : on va chez moi, mes parents sont absents.

Avec la même main experte qui m'a fait traverser la morgue, elle me conduit dans la rue Paradis, vers ce qu'elle a de plus intime. Sa chambre blottie là-haut sur la falaise de l'immeuble. Une pépite perdue dans la galaxie de fenêtres qu'elle me montre du doigt.

La dernière porte ouvre sur des murs recouverts de posters et un lit à moitié défait. Le bras de l'électrophone oublié sur un disque. C'est de là que Marise s'élance chaque jour à l'assaut de la vie. Dans un cadre, ses allures de fille sage, en communiante sur la photo. De plus près, je reconnais son regard déjà tourné vers la désobéissance et le défi.

Elle met une musique douce et me sert à boire. Appuyée contre mon bras rééduqué, elle rêve un moment. Enfin ses lèvres affamées s'abattent sur moi. Elle ôte ma chemise et me pousse dans les draps. Je suis une proie facile, étourdi par le vertige de son nid d'aigle.

Deux heures plus tard, son signe d'adieu par la fenêtre semble effacer une rencontre irréelle. Depuis la rue, je regarde sa main qui m'apparaît tout à coup froide comme un rejet. Est-ce une illusion ? La main aux caresses si généreuses est méconnaissable. On dirait qu'elle me chasse. Et la façade s'assombrit brusquement autour de son geste qui semble me dire : pars vite et oublie tout. Il ne s'est rien passé entre nous. Tu n'es qu'un enfant. Tu appartiens à l'hôpital et tu dois y retourner. Et c'est tiraillé entre le souvenir de son étreinte et ce geste fugace de rejet que je dévale en titubant la rue Sainte-Victoire.

Les jets d'eau de la fontaine Cantini me semblent dérisoires. Ils s'épuisent à attirer sans cesse l'attention sur Massalia. L'œil rivé sur la ville, la déesse a tout vu de mon plaisir et de Marise. Et elle peut voir désormais ma perplexité, mon désespoir. Elle aussi me repousse vers le long couloir triste du boulevard Baille, vers le bercail où sont rassemblés tous ceux dont la santé défaille et qui ont encore besoin de soins.

Je refais en silence mon chemin de croix, l'âme en peine.

En franchissant la porte du pavillon, je prends conscience que mon pyjama anonyme, longtemps usé contre ces murs, n'est qu'une mince protection. Une odeur de soupe occupe le couloir. Le bruit familier des gamelles. Les voix criardes des femmes de service qui vont de chambre en chambre. C'est déjà l'heure du dîner, dernière distraction de la soirée avant le lent assoupissement des corps.

Je n'ai fait que quelques pas dans le couloir lorsque la tête de l'infirmier-major paraît à son bureau. Le piège se referme comme je m'y attendais. Je pousse brusquement la porte du clan. Paulo et Nightingale jouent aux cartes. Leur calme me déroute. Je reste debout à les regarder. Une pointe de nuit entre par la fenêtre. Je me sens stupide. Paulo se retourne, les cartes en éventail entre ses gros doigts. On dirait qu'il tient mon destin en main. Ah ! Te voilà, dit-il. Le major t'a cherché tout l'après-midi. Fais gaffe, il drague Marise.

Je tombe assis sur une chaise sans comprendre ce qu'il m'arrive. L'air moqueur de Paulo. Le doute qu'il instille. Et les comparses continuent leur partie comme si je n'existais pas. Non, je ne comprends pas. J'ai toujours agi sans arrière-pensées, sans chercher à nuire à quiconque. Je suis le plus jeune du service, le plus vulnérable, projeté malgré moi dans un monde d'allusions et de non-dit qui me dépasse. Paulo a-t-il menti pour me faire peur ou par jalousie ? Et le major, quel rôle joue-t-il ?

Après coup, je réalise que Nightingale aussi a parlé : il est plus malin que toi, voilà ce qu'il a dit sans rire derrière son rempart de cartes. Comment savent-ils d'où je viens ? Je n'avais rien dit au clan de mes intentions, ni du subterfuge qui m'a permis de sortir et de revenir en pyjama. Mes affaires de ville entreposées depuis la veille dans un autre service, dans le placard d'un vieux malade de mes connaissances. Je regarde une dernière fois les joueurs de cartes avec une désagréable sensation de complot.

L'odeur de soupe fait maintenant un brouillard épais dans le couloir. La cavalerie des cuisines déverse ses rations de lentilles. Elle se rapproche de ma chambre. Je me mets au lit. Les raclements de gorge du légionnaire qui attend sa pitance ne me détournent pas du souvenir de ma fuite. Nos déambulations sur les boulevards. Son rire torrentiel. Ses étreintes dans l'intimité. Puis ma course qui bute sur la façade grise, sur son signe d'adieu ambigu. Un sentiment mêlé de solitude et d'abandon vient troubler ce bonheur précaire mais concret, un bonheur volé au mal de rigueur, à l'hôpital, auquel tous les malades semblent voués, sans exception. Aurais-je enfreint cette règle implicite pour mériter le jugement sévère du clan, comme une mise à l'index ?

Mon voisin marmonne. Il s'impatiente. Depuis sa défaite historique au jeu de dames, on ne se parle plus que par nécessité. Des échanges brefs, le regard de biais.

Quelqu'un entre dans la chambre. Je reconnais le pas feutré de l'infirmier-major. Je fais semblant de dormir. Le légionnaire soupire. Chaque soir le major distribue lui-même le dessert. C'est sa manière de passer en revue les troupes. Je l'entends qui traverse la pièce sans un mot. N'ose-t-il pas m'interpeller devant témoin ? Peut-être à cause de son insuffisance de preuves à charge. Ou encore pour ne pas compromettre sa réputation !

Une fois la porte refermée derrière lui, le légionnaire s'exclame : Nom de Dieu ! Toi, au moins, tu es bien vu. La face écarlate, il manque de renverser sa soupe en frappant du poing sur sa table. Je me redresse sur les coudes. Il y a deux yaourts sur ma tablette.

On peut dire ce qu'on veut de l'infirmier-major. Son air distant et hautain, l'allure autoritaire et tout le reste. Depuis ce jour, j'affirme à qui veut l'entendre que c'est un homme fair-play.

A la recherche du passé sur la Place Castellane

Place Castellane, sur un banc. Les lattes de bois meurtrissent mon dos d'adulte fatigué. Le temps s'est arrêté : l'horloge en face marque toujours neuf heures quarante-cinq, d'une manière obstinée. Personne ne songe à la réparer. Je serre le livre blanc sous le bras. Un livre marqué S.P., comme une carte de presse qui me ramène des années en arrière. Sa compagnie m'encourage, me redonne une identité. Je retrouve l'âme légère et curieuse du journaliste, le goût entêté de l'enquête.

Sur un banc proche, le vieil homme n'a plus de pain à jeter aux pigeons. Appuyé sur sa canne, il suit les passants des yeux sans bouger la tête. On le confond avec les arbres et les statues de la place, avec toutes ces présences mortes que l'on frôle sans y prêter attention. Il est peut-être là depuis des années à guetter. Il connaît bien les habitués de la place. Aurait-il déjà vu passer Marise ? Je brûle de l'interroger. Comment est-elle après tout ce temps ?

Il a dû m'entendre susurrer la question, car il se détourne un peu en pivotant sa canne, contrarié d'être à son tour observé. Est-ce qu'il a deviné en moi l'indiscrétion du journaliste ? Et j'ai dû le surprendre, quelques minutes plus tôt, lorsque je me suis lancé à la poursuite d'une femme. Sa chevelure brune ondulée, un fouloir de soie blanc autour du cou. La démarche énergique, le buste droit. Un instant, j'avais cru reconnaître Marise, fière descendante d'une famille piémontaise arrivée à Marseille avec la grande migration transalpine. La jeune femme faisait tout pour oublier leur passé d'immigrants miséreux, et pour consommer la vie à pleines dents sans songer au lendemain. Comment savoir désormais si son appétit d'aventures a été comblé ? Et si elle s'est assagie ?

Le vieil homme a repris sa pose, figé comme l'horloge. C'est à croire que la place lui appartient ! Pendant ce temps, la fontaine Cantini déverse des trombes d'eau, des cascades qui se transforment en rumeurs, en paroles de farfadets, mais personne n'écoute. Et voici que les personnages clandestins du grand chapiteau blanc reviennent bavarder avec moi sur sa margelle, chers anciens compagnons trop longtemps négligés, laissés dans l'inactivé, et qui reprennent vie après une longue période d'oubli et d'insouciance.

Alors que les souvenirs débordent du bassin, j'ai soudain l'impression que les fantômes de l'hôpital se pressent tous en même temps dans ma mémoire.

Voilà longtemps que j'aurais dû marcher à leur rencontre, les interpeller l'un après l'autre avant qu'ils ne déboulent ainsi, dans le désordre et le chahut ! Et les interroger sur la manière dont ils ont infléchi le cours de leur vie et de la mienne ? Me confesser comment ils ont pu influencer mes choix. Et ce qu'ils savent de plus sur Marise. L'impression confuse d'un caquetage mis sur la place publique domine les cascades au point de me mettre mal à l'aise. Je me lève brusquement et je m'éloigne à grands pas, la tête pleine de leurs bourdonnements.

Rue Sainte-Victoire. Autrefois, on a remonté ce trottoir, blottis l'un contre l'autre. Marise m'emmenait chez elle dans la rue Paradis, la plus longue artère de Marseille qui s'est encore allongée dans ma mémoire. A son logis familial, on était comme un couple qui s'installe dans un appartement trop grand. Je croyais rêver. Je la serrais contre moi. Elle riait, la tête noyée dans mon cou.

Marise dans mes souvenirs, c'est d'abord son culot merveilleux, sa fantaisie, sa beauté aérienne et sa liberté. Je n'ai jamais su la vraie couleur de ses yeux, car ils étaient pleins d'éclairs et de malice. Oui, j'étais ébloui par elle. Elle osait tout. Elle était belle de tous ses défauts.

Dans la rue Paradis, je marche aujourd'hui sur ses pas avec une légère appréhension. Je m'attends à découvrir son nom sur un interphone. Hélas ! Je ne retrouve pas l'immeuble familial. Les années ont gommé les façades. Il me semble que les rues formaient alors un bouquet joyeux qui dévalait vers la fontaine Cantini. Tout me paraît fané. Et ma perspicacité d'enquêteur ne m'est d'aucun secours.

Je me replie, la tête basse, vers la place Castellane, carrefour de nos retrouvailles manquées. L'orchestre des cascades a beau jouer sa symphonie magique sous la férule de Massalia, aucun miracle ne s'accomplit, aucune image passée ne prend consistance dans la réalité du présent.

Le vieil homme est toujours en embuscade sur son banc. Il me voit m'adosser au platane, un peu à l'écart de la place, comme un passant songeur ou égaré. En face, il y a le bar de la Rotonde serti dans l'angle d'un immeuble ancien, sous un dôme d'ardoises. Un homme en sort et marche vers moi, la mine sombre. Une cicatrice sur la joue gauche. Il me dévisage, puis disparaît dans l'escalier du métro. Je songe aux pissotières d'autrefois sous la place, aux voitures qui tournent comme des bêtes enragées autour de la fontaine, à Massalia isolée sur son île, au vaisseau qui peut à tout instant se détacher de sa main et forcer son départ.

Pas un souffle de vent ne franchit l'embouchure du boulevard Baille. À l'Emir bar du coin, le tourniquet des cartes postales fait défiler la ville sous mes yeux. Notre-Dame de la Garde, le palais du Pharo, la Canebière, le Vieux-Port. Ville, monuments et paysages valsent dans l'automne, sur un fond de ciel bleu cartonné. Des figurants minuscules les accompagnent, et leur image voyagera entre les mains de touristes et de collectionneurs. Qui sait si Marise serait parmi eux, avec son rire débridé ? Sur les cartes, les témoins ont un visage imprécis. Et puis, un peu comme une roue de loterie s'arrête sur le bon numéro, le présentoir s'immobilise sur une vue de la fontaine Cantini, celle d'avant le métro et le paratonnerre de Massalia, celle de mes dix-sept ans dans le décor romantique de la place. Je retrouve tout sur la carte ancienne. Et je tiens enfin la preuve que ma mémoire est restée fidèle.

Le buraliste recompte d'un geste las ma petite monnaie. Blasé par la routine, par la vente de la fontaine de Marise à des centaines d'exemplaires. C'est douloureux de la savoir ainsi bradée. Est-ce qu'il me vendrait le lot ? L'exclusivité de la carte ? L'homme compte et recompte chaque jour l'argent qu'on lui donne pour le prix de sa peine. Je m'entends murmurer à voix basse : est-ce que vous connaissez Marise ? Il relève lentement les paupières et me regarde sans me voir. Je n'ai sans doute pas donné assez.

Une piste à Marseille

Hélas ! La place Castellane n'est ni une île, ni un refuge. A peine un début de piste. Les voitures s'y enroulent un instant avant d'être projetées au hasard dans la ville.

Attablé à l'Emir bar devant un café, je parcours le livre blanc, toujours à la recherche d'un indice immatériel qui pourrait venir à mon secours. Je pense aussi à toutes ces années passées et à celles qui me restent à franchir. Lesquelles influencent les autres ? Et à quoi cela sert-il d'aller de l'avant si l'on ne consolide pas son passé au fur et à mesure, si l'on s'appuie sur des fondations mouvantes, ou si l'on s'égare ? Les certitudes ont besoin de preuves pour survivre et durer.

En tournant les pages un peu tachées du livre-compagnon, il me semble découvrir le négatif de ma vie déroulée à l'envers : « Si mes racines devaient être quelque part, écrit l'auteur, c'était bien dans le Midi, là où ma mère m'avait aimé, dévoré, abandonné. Je n'avais plus rien à faire à Paris ; il me semblait, à dix-sept ans, en avoir déjà tout épuisé. Mon instinct ne se trompait pas : je suis d'ici ! Ma sensibilité est née de cette lumière et de ce parler, je sais aujourd'hui que vivre ailleurs serait une grave condamnation pour moi... »

Le testament douloureux de l'écrivain me ramène de nouveau à l'adolescence, à l'âge où j'ai été expulsé du massif des Maures et projeté de plein fouet dans un décor d'oursins. J'étais aussi « d'ici » sans en avoir conscience. L'air dans mes poumons, ainsi que tous mes gestes et ma sensibilité ont été façonnés par ces collines qui ont bercé mon insouciance d'enfant, dans leur lumière inimitable et chaque jour différente. Mon erreur ? J'ai fait le chemin inverse du sien. Je m'en suis détaché trop tôt, avant d'en avoir épuisé les parfums et les subtilités, avant d'avoir éprouvé les recettes qui forgent une vie d'adulte. Avais-je quitté par maladresse ma terre promise ? Est-ce que j'avais signé alors ma condamnation à une vie sans surprise ni passion ?

C'est sans regret que je m'étais longuement frotté aux paysages à la peau rude qui ont fait naître mes premiers émois, les premiers jaillissements inexpliqués du sexe. Le corps alangui des Maures rappelle celui d'une femme ; on croit en atteindre le sommet, et il y a encore tant à découvrir. Les odeurs secrètes sous les bruyères en fleurs et la mousse tiède. Un échange muet qui n'avait fait qu'ébaucher mon éducation amoureuse, par la suite balisée d'aventures sans lendemain. Oui, j'ai été expulsé trop vite du territoire de mon enfance, avant d'avoir su mettre un nom sur chaque chose, à l'âge de la semi-conscience.

À l'évidence, l'écrivain R. avait accosté les Maures avec un bagage à toute épreuve et la volonté au cœur. Il avait déjà sillonné la capitale et beaucoup appris de l'humanité. Adolescent averti, il est venu à point cueillir le meilleur des collines et bâtir sa maison d'amour.

Dans la rue, je pense encore à lui, à son glissement réfléchi et heureux vers le Sud où il a installé ses racines. Dans sa lettre, il avait promis de me faire signe à son retour d'Italie. Il me doit une explication ; il me doit des conseils. Je froisse le papier dans ma poche. Instinctivement, j'entre dans une cabine téléphonique. Il me reste de la monnaie. Je compose le numéro trouvé entre les pages du livre sans savoir ce que je vais dire. Je sens grandir en moi une sorte d'énergie, le résultat d'une réflexion confuse qui me pousse à prendre l'initiative, à oser. Les indices me manquent dans ma recherche de la vérité.

Une sonnerie retentit quelque part, très vite remplacée par une voix polie de femme : Agence de location de voitures du Var, bonjour. Que puis-je pour vous ? J'inspire et je me lance : je voulais savoir… Enfin, j'ai un ami qui devait louer chez vous une Renault blanche… Et je lui donne l'immatriculation notée sur le papier, au-dessous du numéro de téléphone que je viens de composer.

Ma correspondante réclame mon indulgence. Elle pose le combiné et s'éloigne. Un répit qui me soulage et me redonne confiance, car mes arguments sont minces pour appuyer ma demande. Lorsqu'elle revient, je l'entends respirer, tourner des pages. Elle hésite, prend un ton différent pour déclarer : Oui, Monsieur Lucien Allar a bien récupéré la voiture hier matin, mais il y a un problème. Sa voix hésite un peu, semble chercher ses mots : Je… J'ai reçu un message récent, enfin, c'est à vérifier. Il semblerait que ce véhicule ait eu un accident. Rien de grave sans doute…

Vous devriez appeler directement la Gendarmerie de Grimaud qui nous l'a signalé. Je suis vraiment désolée…

J'ajoute le nom de Lucien Allar et le numéro à joindre sur le précieux papier que je remets dans ma poche. Et je la remercie avec insistance, comme si j'étais un intime du conducteur et affecté par la mauvaise nouvelle. Je repars de la cabine d'un pas joyeux.

Le matin se réchauffe dans la montée du boulevard Baille. Je me retourne une dernière fois. Pardessus les toits, du côté des calanques, la montagne se fend en deux. Les falaises abruptes ouvertes comme une matrice. Et dans le pli, il y a la colonne humide de la fontaine qui perce la touffe de platanes. Une sorte d'érection violente dans le corset de tuiles. La vision troublante de Massalia chevauchant un sexe ! Et je ferme les yeux sur cette plaie ouverte, sur des souvenirs lézardés. En m'éloignant de la place Castellane, mon maigre butin me rassure un peu. J'emporte avec moi la carte postale qui immortalise l'image de la fontaine d'antan, la seule qui m'intéresse, et un indice précieux sur le mystérieux journaliste des Maures, désormais identifié.

Troisième rue à gauche après la côte du boulevard Baille, je m'engage sans hésiter dans la rue des Vertus. Le soleil illumine une façade de briques rouges. Une femme sort de la maison voisine en tenant un enfant par la main. Je fais un clin d'œil au petit garçon. Il se retourne plusieurs fois en s'éloignant. Puis je presse le pas comme si j'avais pris du retard à flâner.

Qu'est devenu mon sauveur, le docteur J. ? Sans doute un brillant professeur. Et l'infirmier-major ? Ah ! Celui-là, je m'en méfie toujours un peu. Et Marise ? Est-ce qu'elle est toujours aide-soignante

dans le service ? Et les infirmières ? Oh ! En me diri-
geant vers ce lieu de mémoire, je ne m'attends pas à
être accueilli en héros. Quelqu'un se souviendra-t-il
encore de moi ? Des générations de patients sont passées, comme au régiment. Sauf qu'à l'hôpital on salue
allongé. Et combien ne se sont jamais relevés depuis
mon départ ? Peut-être reste-t-il quelques résistants
réfugiés dans cette zone franche ? Des irréductibles !
Enfin ! Peut-être que Marise me racontera tout cela.

Au loin miroite sur un pan de mur la plaque
bleue de la rue Saint-Pierre, la rue de l'hôpital de la
Conception.

Mon départ de la cour des Miracles

Mes derniers jours d'adolescent à l'hôpital
sont faits d'humilité et de discrétion. L'index consolide ses chairs sous son halo de gaze, et je ressens une
légère gêne à l'égard de ceux qui vont rester avec plus
ou moins d'espoir de guérison. Déjà les pions blancs
m'aspirent. Je vais abandonner les pyjamas à leur
sort. L'idée même du départ s'habitue à moi, et je me
tiens le plus souvent à l'écart des chambres.

La lumière de mars a fini par forcer la misère
des hauts murs. Un éclairage printanier ruisselle sur
le sable de la cour centrale et lui donne un aspect de
fleuve doré surpris en pleine course. C'est certain, le
printemps arrive à bride abattue.

À l'écart sur un banc, les narines épanouies
comme des bourgeons, je m'imagine déjà sur les sentiers fleuris des Maures. À la mi-mars, je sais le printemps déjà bien accroché aux collines, les ruisseaux
gonflés comme des gorges d'oiseaux, cependant que

dans les arbres grandit l'empreinte des nids nouveaux. En même temps, je redoute un peu ma réinsertion dans l'adolescence. J'ai perdu à jamais la naïveté et la confiance désinvolte de la jeunesse. J'ai vieilli plus qu'il ne fallait. Après les longs bivouacs parmi ces champs de désolation où le mal se répand dans les cellules humaines comme une épidémie, mon regard a changé, ma conscience aussi. Toutes ces peines purgées de clinique en hôpital ont laissé en moi des traces plus profondes que celles du bistouri.

On ne connaît bien le mal et la détresse qu'après les avoir côtoyés. Et on ne comprend la vie qu'à l'épreuve de la souffrance. Voilà comment je vois les choses au moment de céder ma place.

Devant moi, une vieille dame enroulée dans une robe de chambre miteuse traverse le désert de la cour. Elle avance d'un pas mal assuré, en reniflant le sol. On dirait qu'elle remonte un courant invisible tellement elle penche. Elle parle toute seule. Sa main puise dans sa poche et jette du sable comme on sème des graines. Elle s'éloigne ainsi, chancelante et glorieuse, sans doute en donnant à manger à ses pensées.

La distraction est rare dans la cour. Aussi, mon œil est attiré par un individu en salopette bleue qui vient vers moi à grandes enjambées. De loin, je remarque d'abord son corps longiligne, les mains dans les poches, puis sa dentition de cheval, et enfin son regard fiévreux. Il ne tarde pas à m'interpeller : Eh ! Petit gars, qu'est-ce que t'as à ton doigt ?

L'aubaine ! Je retire le pansement et lui montre la pièce rapportée sur l'index, un spécimen unique sur la place de Marseille. L'homme s'incline, les bras dans le dos. Il rit ; un trait de bave s'inscrit au coin de ses lèvres. C'est du beau travail, dit-il en secouant nerveusement la tête. Je lui dis ma reconnaissance au docteur J. Et il reste immobile comme un simple d'esprit, la bouche béante et le regard pendu à mon doigt. Je retire lentement la main et remets mon pansement.

Les secondes passent. L'homme ne bouge pas. Le sourire narquois, il me fait de l'ombre. Je me désintéresse de lui. Brusquement il me prend à parti : regarde petit ! Et il tend sa main gauche où manquent l'annulaire et l'auriculaire. Un coup de scie, précise-t-il d'un ton aigu. Il amorce une moue en agitant les doigts rescapés : encore bien valides ceux-là, qu'il me dit. Et il les mélange tellement que les moignons disparaissent, et il me semble presque voir une main complète.

J'éprouve alors de la compassion, un début de sympathie pour l'individu bizarre, debout face à moi. Il soupire et ses yeux pétillent comme quelqu'un qui a réussi un bon tour. Ses lèvres battent dans le vide, peut-être pour me signifier que ma main lui paraît ridiculement normale comparée à la sienne. Mais les mots ne sortent pas.

La salopette s'ébroue un peu, puis l'homme déplie très lentement le bras droit qu'il tenait dans son dos. Il avance la main coiffée d'une gaine en cuir, un gant noir sans doigts qui évoque un instant la voiture renversée dans la nuit des Maures. Son sourire chevalin grandit et la fièvre monte dans ses yeux. Quel tour redoutable prépare ce magicien improvisé ? Toute la lumière de la cour est maintenant concentrée sur lui. La vieille dame a été emportée depuis longtemps par le fleuve de sable. Je n'entends plus un souffle, pas même le mien.

Le magicien a des gestes d'une infinie lenteur. Dans sa bouche grande ouverte, j'aperçois les racines jaunies des dents. Une langue monstrueuse remue au fond de sa caverne avec un léger sifflement. L'impression d'écœurement ne dure guère, car ce qu'il me montre ensuite semble relever du truquage ou de la mystification. C'est pourtant un exploit de la chirurgie sur le paysage dévasté de sa main droite. Entre les moignons, il reste un long doigt penché - le majeur - et un autre mal fichu, repiqué à l'endroit du pouce. L'homme m'explique que l'annulaire a été déplacé pour servir de pince. On voit encore la couture à sa base, les fils noirs qui tiennent lieu de racines.

Petit gars, ne fais jamais menuisier, me dit enfin l'homme d'un ton grave. La bave coule sur son menton. Dans ses grands yeux illuminés, il y a encore la frayeur de l'accident. Puis la salopette se déplie et le magicien s'en va tout d'un bloc, en ricanant. Il balance son long corps dans la lumière poudreuse de la cour. La poussière sur ses talons ressemble à de la sciure fraîche, et son rire a des grincements de scie. Pendant ce temps, le disque du soleil s'accélère dans le ciel et me donne des frissons.

Mes derniers moments de bonheur à l'hôpital, je les dois encore à Marise qui m'entraîne toujours plus loin dans son sillage, loin du service des mal-portants comme pour me rééduquer à la vie du dehors. Je l'attends de nouveau en tenue de ville. Mais cette fois, il y a un voile d'inquiétude dans son regard. Elle me dit que l'on va utiliser une sortie à laquelle je n'ai pas droit, et qu'il me faut accepter une contrainte. Je réponds que je suis prêt à la suivre n'importe où, même s'il fallait ramper ou sauter les murs.

Dans un couloir obscur, Marise me bande les yeux avec son foulard de soie. Le noir absolu, l'hôpital masqué. J'entends des bruits de serrures. On emprunte des escaliers qui dégringolent vers le sous-sol.

Je tiens fermement sa main. Elle s'arrête et j'entends de nouveau grincer une serrure. Elle fouille quelque part ; un froissement de papier, des pièces de monnaie qui s'entrechoquent. Elle referme une porte et on poursuit un long moment notre évasion.

À l'extérieur, Marise me laisse quelques minutes encore le foulard sur les yeux, mais je devine la lumière et les bruits familiers de la rue. Lorsqu'elle m'ôte le bandeau, nous courons vers le boulevard Baille. Si vite que j'ai perdu mes repères. Elle m'entraîne d'un pas assuré, les cheveux dans le vent. Elle rit, et je contemple son visage heureux. De nouveau, elle est naturelle comme je l'aime, et je partage son enthousiasme.

Arrive enfin le jour du départ, à la fois attendu, mais aussi redouté pour ce que je vais laisser. Je fais un tour d'honneur du pavillon et mes adieux à chacun. Dans la chambre du clan, c'est l'embrassade. Nightingale est descendu du lit et m'entoure de ses longs bras. Paulo me récite quelques tirades. Je n'oublierai jamais sa dégaine de séducteur, ni ses orgies dans le monte-charge. Je pars chargé de leurs secrets et de leur confiance.

Sur la figure du sage s'esquisse un sourire rusé. Il rapproche son fauteuil roulant et prend un ton solennel : mon petit Napoléon, tu vas nous manquer. Tous ensemble ici, on t'a réservé une surprise. Sa face de hibou soudain silencieuse, il balaie du regard l'assemblée. Les cernes de ses yeux font des vaguelettes, et je pense alors à la Méditerranée, aux plages ensoleillées, au printemps dans les champs, aux cerisiers en fleurs, à la liberté qui m'attend. Je suis ému par autant d'attention de leur part. Je vais quitter mes fidèles compagnons toujours prisonniers de l'hôpital, au risque de les oublier. J'avale une gorgée de salive.

Nightingale est retourné dans son lit, occupé à régler sa sonde sur beau fixe.

Oui, dit le vieil homme, on t'offre le taxi pour la gare. Je proteste. Ma mère m'avait laissé l'argent pour la course. Oh ! Il ne s'agit pas d'argent, dit-il. C'est un taxi spécial qu'on réserve aux vrais amis. C'est notre manière à nous de saluer ton départ. Tu ne peux pas refuser. Tous approuvent de la tête, et le sage conclut l'affaire d'un clin d'œil sentencieux.

La valise en carton posée sur le sol, entre mes jambes, j'attends près des Urgences. La ville gronde au-delà des murs. Le taxi tarde. Mon train part dans moins d'une heure, et je regrette déjà d'avoir accepté le cadeau du clan. Le chauffeur est une grande perche, il s'appelle Zé, tu ne peux pas te tromper, m'ont-ils dit. Toujours personne en vue, hélas ! L'ombre des grands murs et les sirènes des ambulances me glacent le dos. Je songe brusquement à un cadeau empoisonné, à un traquenard pour m'empêcher de goûter de nouveau à la liberté. Et dans ce coin isolé, on peut facilement faire disparaître quelqu'un. Je pense au milieu marseillais, aux combines dont j'ai eu vent. On ne relâche pas quelqu'un qui en sait trop ! Où doit me conduire ce mystérieux taxi ? Il est encore temps de fuir. Je prends ma valise, puis je la repose. Je me raisonne. Allons ! Le clan était comme une famille, son affection n'était pas feinte. Non, personne ne peut me vouloir du mal. L'hôpital est un confessionnal, un lieu de pardon et de solidarité. Il n'a rien d'un abattoir. Je me rassure ainsi, en me parlant à haute voix.

Les pneus d'une ambulance crissent devant les urgences, et le long véhicule stoppe net devant moi. L'homme qui en sort n'arrête pas de se déplier. Il me fait un signe. Pas de doute, c'est Zé ! Déjà, il ouvre l'arrière de l'immense voiture blanche et défait la couchette.

Tu t'allonges là, dit-il. Tu remontes la couverture jusqu'au menton, après tu ne bouges plus. Dans quelques minutes, je te débarque à la gare. Et il me fait le clin d'œil de la confiance, mot de passe du clan. Je me couche et je tire la couverture jusqu'au ras des yeux. Les portières claquent. La sirène hurle et l'ambulance s'emballe. On file en trombe dans la ville, parmi les crachats bleutés du gyrophare.

De nouveau, je n'ai plus pour horizon qu'un maigre plafond. Les secousses d'une conduite brusque et le vacarme de l'ambulance. Et au fond de la gorge, un goût d'anesthésique à me couper le souffle. La sirène déblaie toujours sur l'avant. Des miettes bleues retombent du ciel. Je pense aux galeries à l'air libre de l'hôpital, à Zé qui conduit le brancard fou, à la pègre qui a commandité ce voyage. Je traverse la ville à l'horizontale, en état d'urgence, léger comme un moineau que l'on va libérer quelque part, ou faire disparaître.

Sur le quai de la gare Saint-Charles, la face livide et la valise agitée par des soubresauts nerveux, je cherche le wagon des urgences. J'imagine que le clan m'y attend pour un dernier adieu.

La visite de contrôle et les réalités de la ville

Nul doute que j'ai été amputé trop tôt de ma jeunesse. De simples piqûres d'oursins pour un long purgatoire qui m'a rejeté six fois sur l'écueil d'un bloc opératoire. Ah ! Les rappels intransigeants de la marée avec ses vagues blessantes qui m'ont coupé du lycée et des adolescents de mon âge, et qui m'ont fait vieillir plus vite que de coutume.

Certes, mon index a vidé sa poche noire comme un poulpe. Mais quelle force aveugle a bien pu me pousser à sauver coûte que coûte deux phalanges alors que chaque jour des doigts et des membres tombent, amputés, arrachés ou mutilés ? Que penseraient de moi les menuisiers, habitués qu'ils sont à voir leurs doigts bondir et rouler dans la sciure ? Quel gamin prétentieux je faisais !

Je me souviens pourtant d'un mélange diffus de révolte et d'injustice, l'angoisse de ne plus pouvoir écrire sans l'index droit, peut-être aussi l'orgueil et le souci de sauver les apparences. C'est tout cela qui a suscité en moi tant d'énergie combative, tant de répulsion contre la fatalité. Un réflexe naïf qui m'a fait protéger la façade, sans réaliser que des fissures pouvaient se former à l'intérieur.

Voilà un mois que j'ai quitté l'hôpital sous l'escorte de Zé. J'y retourne pour une brève visite de contrôle, peut-être pour quérir un certificat d'authenticité, une caution à ma longue bataille qui m'a fait accumuler tant d'amertume et de rancœur. Mais encore davantage pour calmer mon impatience de revoir Marise.

Ce jour-là, avec sa main adroite qui m'a opéré, le chirurgien serre très fort la mienne pour la première fois. Une manière de me montrer que la greffe tient bon. Depuis lors, cette poignée de main vit toujours en moi comme un pacte secret qui scelle ma guérison.

La visite à l'hôpital, c'est aussi l'occasion de saluer ceux que j'ai lâchement abandonnés à leur sort. Les couloirs et les allées entre les pavillons grouillent de monde. Des nouveaux venus scrutent les panneaux, une valise à la main. J'ai envie de leur montrer le printemps dans la cour et l'espoir qui bourgeonne, mais ce serait peine perdue. Ils ne verraient que ce vide qui m'a longtemps obsédé. Inquiets et désorientés, ils cherchent déjà la direction de la guérison. Comment leur dire qu'elle ne figure pas sur les panneaux ? Et de plus loin me parvient un indicible ricanement derrière les piliers. De crainte de croiser l'homme aux doigts cousus et au rire chevalin, je presse le pas.

Lorsque je franchis enfin la porte du pavillon qui m'a abrité, j'ai l'impression bizarre de n'en être jamais sorti. L'atmosphère, les odeurs, les longs murs pâles de notre Canebière d'opérette où l'on simulait parfois la vie du dehors. La douleur lancinante dans les chambres, l'ambiance de garnison. Et toujours la même attente disciplinée derrière les portes. Tout est en ordre comme avant. Aussi, j'entre sans hésiter dans la chambre du clan. Mon sourire et ma joie sont vite anéantis ; Paulo et Nightingale ne sont plus là ! À leur place, deux inconnus sans envergure, au regard vitreux. Un vide qui me déstabilise. Lentement, je me replie dans le couloir en bredouillant une excuse.

Une chance ! Le vieux sage paraît sur le seuil d'une porte. Peut-être que le clan s'est déplacé, par ruse ! Il sourit et me prend les mains. Les siennes tremblent, malgré sa joie de me revoir. À l'éclat atténué du regard, à ses gestes plus lents, je réalise qu'il a vieilli plus vite que le temps écoulé depuis mon départ. L'hôpital aurait-il cette faculté d'accélérer le vieillissement ? Les patients n'y sont plus que des visages singuliers qui masquent avec peine la décrépitude des corps, et avec quelque chose d'indéfini qui se meurt à l'intérieur. Les cernes du vieux sage se sont resserrés, diminuant encore la lumière dans ses yeux. On dirait une porte qui va se refermer à jamais. Il avance déjà dans l'ombre de la mort. Mon excès de vitalité semble d'ailleurs l'éblouir et le fatiguer.

Paulo et Nightingale sont partis, me dit-il. On leur a trouvé une maison de repos à l'écart de la ville. Et son tour va venir, il le pense. Qui saura alors la vérité sur les planques de la pègre à l'hôpital ? J'ai trop de respect pour l'interroger là-dessus. Son fauteuil roulant s'éloigne avec des grincements douloureux. Les doigts maigres du vieil homme menacent à chaque instant de lâcher les roues qui le promènent encore à la surface de la vie. Et dans le couloir désert, j'en viens même à me demander si les rencontres du clan et leurs histoires étranges ont vraiment existé.

À l'exception de sa jambe une nouvelle fois raccourcie, le légionnaire n'a pas changé. Le visage sanguin sous une nappe de cheveux jaunis, il me reçoit comme un fils. Je refuse de trinquer avec lui. Sa bouche, son pyjama, même la chambre sent le vin aigre. Il est seul. Mon voisin était dingo, il est mort, me dit-il avec des yeux exorbités. Il me vient à l'idée que le géant sanguinaire a pu forcer le destin de son colocataire. Je regarde longuement le lit vide que j'ai occupé, avec le sentiment d'avoir échappé au pire.

Le damier est abandonné sur une table, les pions éparpillés parmi des restes de nourriture. L'aspect d'un champ dévasté. Le signe de la déroute complète du légionnaire. Il gesticule devant moi. Il est sale, imbibé d'alcool, et je me demande ce que je fais avec lui dans cette chambre. Il me parle de sa femme. Un soupçon de remords traîne dans sa voix, puis s'évanouit. Il hausse le ton pour dire que s'il l'a maltraitée la dernière fois qu'elle est venue, elle l'avait cherché. Elle n'avait pas apporté le vin qu'il lui avait commandé. Il se justifie d'un air dégoûté : elle n'arrête pas de pleurnicher ! Ah ! Si je n'étais pas là. Elle oublie que je l'ai recueillie, que c'était une pauvresse abandonnée. Pas de quoi être aussi fière !

Mal à l'aise, je me retire sans un mot.

J'erre un moment à la recherche de Marise, jusqu'à ce que j'apprenne qu'elle est de repos. Son rire généreux me manque, sa tendresse et ses griffes sur ma peau aussi. Ce n'est que partie remise ; notre rendez-vous est fixé pour l'après-midi, place Castellane. On a échangé un mois durant des lettres passionnées. J'ai hâte de la revoir. Il me semble que son parfum magique flotte encore dans le couloir. Le major aussi est absent. Je comptais le remercier de son indulgence, de sa part dans ma guérison.

Quelque chose semble pourtant brisée dans le service depuis mon départ. En sortant de l'hôpital, je réalise mon égoïsme. Je voulais les retrouver tous - moi seul rétabli - et peut-être les narguer avec ma santé. J'avais oublié qu'eux aussi rêvaient en silence de retrouver leur maison, leur famille et leurs amis. Paulo et Nightingale sont partis, mais personne n'a dit qu'ils étaient guéris. Des pions noirs en cavale, ou mis au vert quelque part ? Je revois Nightingale en train de régler sa sonde - thermostat, souvent enrayée. Un grand rêveur ! Un oiseau de nuit ! Et Paulo qui gomine sa mèche en répétant un poème d'amour. Le séducteur enfile un pyjama propre et s'arrose d'eau de Cologne jusque dans le slip. Des personnages pathétiques, presque irréels ! À l'évidence, les autres complices aussi sont partis et le clan est dissous, comme s'il n'avait pas survécu au départ des tenanciers et de sa mascotte. Et le vieux sage traîne seul dans les couloirs, tel un vestige, une ombre déchue.

L'heure est passée. Avec la prétention de mes dix-sept ans et mon index rapiécé, je tourne sans répit autour de la fontaine Cantini. A l'évidence, Marise est en retard. Je crains de la manquer dans l'immense tournis de la place. Je passe au large des pissotières béantes, le repaire des vicieux où un courant dangereux pourrait me happer.

Seul et le cœur en peine, je gravis alors la rue Saint-Pierre jusqu'à la rue Paradis, là où j'ai connu le bonheur clandestin, comme un don inespéré du hasard. Parmi la constellation de fenêtres, je cherche celle qui brille comme une pépite et donne tant d'éclat à Marise. J'hésite entre deux, mais celle aux volets clos me semble la bonne. Et je revois brusquement les deux yaourts sur ma table : un dessert trop vite savouré !

J'en suis convaincu à présent, elle est là-haut avec l'infirmier-major. La colère plein les yeux, j'entre dans le hall. Le nom est toujours sur la boîte aux lettres. C'est là qu'elle recueille mes lettres d'amour. J'imagine son rire effronté, les cheveux en arrière, et sa main qui puise distraitement de mes nouvelles. Je revois ses belles dents taillées pour dévorer la vie sans scrupule. Mais quelqu'un descend l'escalier. Un moment de panique ! Qu'est-ce que je fais là alors que Marise doit m'attendre sur la place ? Elle aura sans doute été retardée. Je repars aussitôt en courant.

Hélas ! Il n'y a pas l'ombre d'un mirage dans le bassin de la fontaine Cantini. C'est à croire que la greffe des sentiments n'a pas pris. Il nous a sans doute manqué le corps à corps quotidien pour la nourrir, à l'exemple de l'index cousu près du cœur. Avec son roucoulement de cascades, la fontaine me fait désormais l'effet d'un miroir aux alouettes.

Plus tard, dans le train qui me ramène au pays, je songe à Jean le berger, à l'ami perdu dans la montagne qui n'avait d'autre idée que de retrouver la compagnie de ses bêtes, et revenir puiser sa vie à la source.

Moi aussi, je dois me faire à l'idée que je m'éloigne à jamais d'un monde étrange, trop embrouillé. Du même coup, je quitte avec regret Marise, plus âgée que moi et trop libre pour s'attacher. Avec pourtant un léger soulagement en songeant à cette ville géante et hostile, aux dangers dont elle regorge. Une ville bien au-delà de mes ambitions adolescentes. J'en ramène un doigt d'espoir, et c'est déjà une immense victoire.

La mutation de l'hôpital

L'étonnante clarté d'un jeudi d'octobre, à Marseille. Je vais toujours de l'avant, au risque de me perdre. Dix-sept ans après cet enchaînement d'hospitalisations parti d'un rien, et dont les cicatrices me freinent encore aujourd'hui, j'en ai gardé une gêne et une méfiance indéfinissables. Un sourire grinçant sur des souvenirs inachevés.

Aujourd'hui, à trente-quatre ans, publiciste chevronné et apprécié, serais-je incapable de maîtriser ma propre image ? Et au lieu de la stabiliser ou de l'embellir, chaque avancée professionnelle tout comme chaque rencontre féminine ajoute une étape d'insatisfaction à ma vie. Un peu comme si elle se déroulait en tirant une longue corde toujours reliée à l'ancre invisible d'une adolescence inaboutie et qui la freinerait de manière inconsciente. Je me dois de relever une bonne fois pour toutes l'ancre qui me retient, peu importe les dépôts qui se sont formés autour.

Rue Saint-Pierre ; sur le mur, la plaque bleue miroite au soleil. Pareille à un feu de croisement, elle passe soudain au vert et la rue s'ouvre dans la poussière lumineuse du matin. Sur un autre panneau : H. Ralentir. Un peu plus loin, le portail de l'hôpital est ouvert. J'entre d'un pas ordinaire malgré mes palpitations, en familier des lieux. Et ce que je vois me saute à la gorge comme un chien enragé. J'ai un mouvement de recul, les muscles raidis. Je songe alors à un livre : « L'homme des sables », de Jean Joubert. Un roman troublant où les pyramides gigantesques d'une ville moderne s'enlisent dans les sables de Camargue avant même d'être achevées, vaincues par les forces obscures des marais, par les imprécations des gens du pays et par tous les coups de boutoir de la Nature souveraine. C'est l'image qui s'impose à moi lorsque je découvre qu'au bout de l'allée, l'hôpital de la Conception - mon hôpital - n'existe plus, soufflé comme un pion.

Plus aucune trace des grands pavillons qui cernaient la cour, des galeries aériennes qui m'emportaient comme dans un manège, ni des colonnades que je croyais inébranlables, éternelles ! Derrière les palissades en bois se hissent des cubes de béton flambant neufs, ailleurs des blocs inachevés. Une architecture moderne faite de piliers armés, de panneaux préfabriqués, de dalles ajourées. Et les grues géantes tirent sans relâche hors de terre ce qui sera demain un hôpital ultramoderne, un monument futuriste à la gloire de la médecine.

Une ambulance arrive de la ville dans un simulacre d'urgence. J'ai envie de crier lorsqu'elle me frôle. Elle contourne la palissade et ressurgit de l'autre côté. Sa sirène entretient l'illusion d'une activité débordante pendant que les démolisseurs s'activent encore dans les bas-fonds, car les racines sont tenaces. Non, je n'arrive pas à croire à la disparition du vieil hôpital, à tant de souvenirs violés, réduits à néant. Sur les parkings anciens, des panneaux désuets signalent toujours les places réservées aux médecins. Des noms fantômes. Les arbres de l'allée sont muselés par des bâches et sont priés de ravaler leur sève. La poussière me recouvre au passage d'un camion. En détournant la tête, je remarque dans un coin le pavillon Emile Vayssière et ses spécialisations : Consultations - Gynécologie - Accouchements. Survivance dérisoire et trompeuse d'un embryon du passé !

Derrière la palissade, des ouvriers scellent une poutre, un peu comme un guérisseur remet en place un membre déboîté. Leurs visages sont concentrés sous le jaune criard des casques. Par une fente, j'aperçois des fondations que les marteaux piqueurs creusent encore. La saignée de béton progresse en profondeur. Mais que sont devenus Marise et son sourire rugissant ? Une envie soudaine de convoquer Nightingale l'idéaliste, Paulo le nonchalant, à la démarche chaloupée, le légionnaire et sa petite femme martyre. Et pourquoi pas Jean le berger ? Savent-ils au moins que l'on anéantit leur mémoire ? Comment peuvent-ils accepter ça ? Je souffre pour eux et pour moi. Il est grand temps que les derniers pions noirs se sauvent avant que l'hôpital ne s'enlise comme la ville nouvelle de Callages, en Camargue. Un hôpital de sable et de béton encore frais qui s'effrite ! On ne plaisante pas avec les secrets médicaux de l'hôpital et avec les patients surpris en plein effort de guérison, ni avec la force violente des souvenirs.

Je regarde les entrailles ouvertes de l'hôpital. Aurait-on choisi d'opérer tous les patients d'un seul coup plutôt que l'un après l'autre ? À me pencher ainsi sur la plaie béante, je commence à manquer d'air. Le décor vacille. De la sueur sur mon front et le long de l'échine. Il s'ensuit une douleur à l'estomac qui se décharge soudain.

Là-haut, sur l'échafaudage, un ouvrier observe la scène sans broncher. Il a vu mon corps se plier et vomir longuement, imitant la bétonnière. Le malaise passé, je distingue mieux son visage brûlé de soleil et les cheveux crépus qui bordent le casque. On dirait une sentinelle de la mort, un vautour immobile. Je redoute alors que ne repasse l'ambulance en mal de clients, et que le guetteur ne me pointe du doigt. Des coups sourds montent du chantier souterrain. Je m'éloigne en rasant la palissade, étourdi par le vacarme.

Sur le flanc gauche du chantier s'élèvent déjà des façades abruptes, sans aucun balcon pour agrémenter le séjour. Je croise des blouses blanches et des salopettes bleues, silhouettes mélangées, chassées de la termitière. Elles promènent leur lassitude dans la poussière et le bruit. Dans leurs regards rôde comme un fantôme l'hôpital d'autrefois, le vrai. Celui où des hommes et des femmes se sont battus sans trêve contre le mal, contre l'épidémie et la mort, et désormais réduit à l'état de squelette démantelé.

J'aperçois des baraquements provisoires sur un terrain vague, et au-dessus d'une porte : Administration - Archives. J'entre d'une allure de somnambule. Deux femmes s'affairent derrière un long comptoir en bois. Les armoires dans leur dos débordent de dossiers. L'une d'elles me remarque. Elle a une tête de chouette agrémentée de grosses lunettes, la mine sombre et du duvet sur les bras. Je lui dis que je recherche Marise, une cousine qui travaille ici. Enfin ! Elle y travaillait avant que tout ne soit détruit.

Avec le nom de famille, elle fouille dans ses dossiers. Elle prend son temps. Je suis le seul client. Elle finit par me dire qu'il n'y a pas de cousine, que je dois faire erreur. Au même moment, un camion passe à proximité et les parois tremblent. Je crains que la chouette effrayée ne s'envole et me laisse en plan. Je bafouille que je n'ai pas revu ma cousine depuis dix-sept ans, mais je suis certain qu'elle travaillait ici. Vérifiez vos archives, dis-je avec insistance. La femme-chouette secoue la tête, hésite un peu, et interpelle sa collègue versée dans l'archivage.

Sa voisine maigre et sans âge pose sa tasse de café et se lève. Je vois mieux son visage anguleux. Elle s'avance avec un sourire apprêté et m'avertit que les archives sont en cours de transfert. Il lui manque déjà des dossiers. Voyons voir quand même, dit-elle. Elle prend la pose du détective chargé de démêler une intrigue. Pendant qu'elle s'affaire dans un placard, toujours de dos, elle me dit que normalement les gens de l'extérieur n'ont pas accès aux informations des archives placées sous le sceau de la confidentialité. Enfin ! Vu les circonstances exceptionnelles...

Comme elle, je pense que mieux vaut partager ces informations avant qu'elles ne soient emportées dans la tourmente, avec l'hôpital.

Son visage se tord d'une grimace lorsqu'elle extrait une chemise cartonnée de couleur rouge et me regarde perplexe. En effet, dit-elle, elle n'est plus à l'hôpital depuis une dizaine d'années. Son adresse a été barrée. Elle est illisible. Tu as vu, poursuit-elle en montrant le dossier à sa collègue. Quelque chose semble les tracasser. On ne peut rien vous dire, ajoute la femme-chouette en me fixant étrangement. La baraque tremble de nouveau. Un peu de poussière s'échappe des armoires ébranlées. Les dossiers respirent, une coulée d'odeurs anciennes s'en évade.

Je reste immobile devant le comptoir, dans l'embarras. Les hôtesses semblent désolées. La plus maigre hausse les épaules. Je leur dis que je comptais aussi saluer l'infirmier-major pour lequel j'ai une grande reconnaissance. Si elles pouvaient me dire où je peux le trouver. La femme-chouette a un léger battement d'ailes qui semble dire que j'exagère. Néanmoins, pendant qu'elle cherche, elle me confie que j'ai beaucoup de chance qu'elles m'accordent tout ce temps pour un sujet caduc et sans intérêt. Et elle ne tarde pas à mettre sa collègue sur la piste du major introuvable.

L'archiviste se concentre de nouveau, sans sourire, et plonge ses mains expertes dans une autre armoire. Et la voilà qui s'exclame soudain : encore un dossier rouge ! L'autre ne peut retenir un battement d'effroi. Vous avez de drôles de relations, me dit-elle. Sa réaction me surprend. Je ne comprends rien à la situation. J'insiste pour avoir tout de même une adresse. Le visage anguleux se rebiffe, plaque le dossier contre sa poitrine. Après tout, lui dit la femme-chouette au bout d'un moment, on peut bien lui donner puisqu'il est parti et que l'on ne risque pas de le revoir. Et l'archiviste me note l'adresse à contrecœur. Je me confonds en remerciements.

Ce serait abuser que de demander davantage, alors je quitte le baraquement surréaliste et chancelant qui détient tant de secrets, heureux d'avoir puisé un peu d'information avant qu'elle ne soit ensevelie avec le reste.

Un ciel lumineux passe sur la rue Saint-Pierre, éclaire le nuage qui monte des décombres fumants de l'hôpital et enfin s'étire sur toute la ville. Accoudé au comptoir du bar voisin, je commande un double café serré. C'est le nom du commerce qui m'a attiré là : « Au rendez-vous des alpins ». La fraîcheur du nom est une bouffée d'oxygène ! Le souvenir de Jean dans ses pâturages alpestres. Le bar est face à l'entrée de l'hôpital. Je peux voir les allées et venues qu'un gardien est censé réguler comme autrefois.

Tandis que j'avale une gorgée de café chaud, je ressens une étrange sensation de vide, de légèreté. L'effet d'une coquille qui s'est brisée dans une sorte de mue et qui laisse entrer une lumière neuve. L'hôpital est en pleine métamorphose. Je n'ose croire que l'on puisse faire table rase du passé, éliminer toutes les pièces à conviction, furent-elles taillées dans la pierre et profondément enfouies. Peut-être aurait-on dû brûler les archives aussi ! Et il est encore temps de me débarrasser de mon dernier indice si ténu : une adresse déjà ancienne de l'infirmier-major. Mon instinct de journaliste m'en empêche.

Un homme à la démarche hésitante pénètre dans l'hôpital. Je remarque son regard inquiet vers le bar, avant de franchir le portail. L'individu jeune, avec une barbe de plusieurs jours, semble harassé par un long voyage. Son poignet droit est recouvert d'un bandage mal attaché. On le dirait traqué. Comme d'autres avant lui, cherche-t-il un refuge pour se refaire une santé ou pour se faire oublier, dans l'anonymat bienveillant du grand hôpital ?

Alors que je flotte dans mon costume désormais trop ample et inadapté de publiciste, à l'extrémité du comptoir le barman répète des gestes habituels. Ses moustaches suivent le roulis de ses bras pendant qu'il essuie les verres. Au moment où il lève la tête, je l'interroge : on vous refait l'hôpital ? Il me cherche du regard et répond d'une voix neutre : Oui, déjà deux ans de travaux. Il y en a pour trois ou quatre ans au total. Puis d'une démarche un peu lasse, il s'en va prendre une commande.

Je reste frustré de n'avoir perçu ni regret ni fierté dans le ton de sa voix. Est-il un adepte de l'hôpital ancien ou moderne ? Est-ce qu'il a fait partie autrefois de la tribu des pyjamas ? Le barman a le ton neutre du témoin qui voit tout, entend tout et ne dit rien. À la moindre menace, il se retranche derrière le comptoir, sa propre zone franche.

Je le regarde servir les clients avec le même détachement. Je pourrais lui dire que je suis journaliste, que j'enquête sur l'ancien hôpital. Si je lui décris Marise, pourrait-il me dire quand il l'a vue passer pour la dernière fois ? Au bras de qui ? Et que sont devenues les centaines de patients expulsés ?

Dire qu'il existe tant de gens comme lui qui détiennent une mine d'informations et ne parlent jamais ! La plupart vivent ainsi, en bordure des hôpitaux et dans l'insouciance. Ils se nourrissent l'esprit du malheur de leurs clients et des patients, les écoutent en silence. Ils ingurgitent leurs secrets à s'en rendre malades. On devrait peut-être les interroger jusqu'à ce qu'ils avouent.

Promenade en ville

Dans la montée de la rue Saint-Pierre, je me retourne une dernière fois. Une grue dépasse des toits comme un œil glauque penché sur l'échiquier en friche. La bataille des pions blancs et des pions noirs semble terminée. Pourtant, les grands murs de la forteresse sont encore debout dans ma mémoire, ses fondations incrustées dans mes chairs. Sa présence résiste, elle se reflète aussi sur les visages des riverains. Même l'odeur de l'hôpital est encore perceptible dans le quartier. Et je revois l'ambulance qui tourne dans la désolation du chantier avec des sifflements stridents. Elle entretient l'ambiance. Elle pose des points de suture sur les restes du passé.

Au sommet du trottoir, la rue Saint-Pierre disparaît dans celle des Trois Mages qui bascule vers la Canebière, ou plutôt qui se dilue d'abord sur une place où se tiennent des marchands ambulants. Le marché des Capucins, reconnaissable à cette rumeur qui enfle dès le matin pour s'apaiser sur le coup de midi.

Partout la ville est chaotique et bosselée, avec des remontées et des chutes, des soubresauts, des ruelles colorées et d'autres d'une tristesse à donner le cafard. Une ville mirage, capricieuse, où la confiance se mérite. On n'entre pas facilement dans son intimité. Elle se maquille, se dissimule. Elle glisse de fausses pistes sous les pas des passants étrangers. Et les aiguillages des rues sont régulièrement changés pour égarer les curieux et les indiscrets. C'est Marseille l'indomptable !

La Canebière dévale franchement vers le Vieux-Port, et c'est là que j'aboutis en suivant le ruissellement naturel des trottoirs. Assis au soleil sur un banc, je dépose près de moi l'épais testament de l'écrivain R. et déplie le journal « Le Provençal », sans doute à la recherche d'une orientation à donner à ma journée désormais sans contraintes. Les titres des articles se mélangent un peu et rien n'accroche mon attention.

Une vedette se détache lentement du quai et traverse le port avec sa cargaison de passagers joyeux. Ses remous traînent quelques instants à la lisière de l'œil comme une mouette qui chaloupe, encore indécise sur sa destination. Sur le pointu voisin, un vieux pêcheur répare son filet. Les passants se penchent sur sa cagette de sardines déposée sur le quai. Les gestes comme les nouvelles des journaux ont ce côté provisoire des nuages. À peine rassemblés, ils se défont aussitôt.

Près de moi, « Le testament amoureux » n'est pas un rêve. Il n'a rien de provisoire. Il existe avec la consistance d'un testament public, des dernières volontés de l'auteur, d'un mode d'emploi dont je n'ai pas encore trouvé la clé. Il est la bouée qui me retient à la surface des souvenirs et m'enchaîne à mon passé.

Que retenir de son histoire épaisse et fantasque, un peu trop intellectuelle à mon goût ? L'errance, le désarroi ou la passion ? La réflexion et les pensées obscures de l'auteur ? Son amour désabusé du monde ? Ou encore ses origines ? « Mon père était magicien », écrit-il… « Sa vie elle-même fut étrange, pleine de zones d'ombre et de chuchotements ». Et les dons qu'il tient de son père : « J'étais à ma façon un petit magicien… ». Il prétend réussir tout ce qu'il entreprend « comme par magie ».

Non, je ne le suivrai pas sur cette voie. Pourtant, en adepte de la vérité, je n'ai pas la preuve que Lucien Allar est journaliste, seulement une intuition. Mes certitudes ? Il a loué une voiture la veille et roulait dans les Maures. À son bord, un livre qui lui vient d'un service de presse. Et l'accident est bien réel. Les empreintes du conducteur sont sans doute présentes sur ce livre près de moi. Mais je ne suis pas magicien et il m'est impossible de faire apparaître son propriétaire !

Les gens vont et viennent sur le quai. Un enfant jette du pain dur dans le port. La poissonnière enveloppe les sardines dans du papier journal tandis que je replie le mien. Une autre vedette regagne lentement le port. Les passagers de l'avant font des signes. Leurs minuscules battements sur les lèvres de la ville phocéenne se perdent dans la surdité générale. Il est presque midi. Marseille ressemble à une pieuvre géante affalée au soleil. J'abandonne mon journal sur le banc et je marche au hasard, le livre calé sous le bras, un livre lourd comme une montagne infranchissable de talent de l'écrivain R. C'est moi qui erre désormais.

Je repère une cabine téléphonique dans l'angle d'une placette. La porte vitrée à peine refermée, je compose un numéro de téléphone. La gendarmerie me répond aussitôt. Sans préambule, je demande des nouvelles de Lucien Allar, accidenté la veille sur une route des Maures. Mon interlocuteur garde le silence, comme s'il n'avait pas compris ma question. J'entends son hésitation suivie de cliquetis étranges, comme si l'on enregistrait notre conversation. L'homme me demande brusquement : qui êtes-vous ? Je me présente, j'indique que je connais vaguement la personne en question, que j'ai vu son véhicule accidenté au bord de la route, personne à l'intérieur. Je voulais prendre de ses nouvelles. La réponse est brutale : ce n'est pas la personne que vous mentionnez qui conduisait ce véhicule. Me voilà désorienté et sans argument. Je me ressaisis vite : Je m'inquiétais seulement de l'état de santé du locataire de la voiture. Le ton autoritaire, le gendarme m'explique alors que Lucien Allar a été trouvé inanimé et sans ses papiers au bord d'une route, au nord de Grimaud, et que sa voiture lui a été volée. Il n'est pas l'auteur de l'accident auquel je fais allusion. Est-ce que je sais autre chose pour l'enquête en cours ? Il me faudra venir déposer à la gendarmerie, me dit l'interlocuteur. Je devine ses soupçons à mon égard. Je comprends alors que le gendarme se demande comment je peux connaître le nom du locataire d'une voiture accidentée, vide de tout occupant !

Avant de raccrocher, il m'indique que Lucien Allar a été transféré à la clinique de la Palmeraie et que sa vie n'est plus en danger. Nous ne tarderons pas à l'interroger, précise-t-il. Et je n'ai pas osé lui dire que je lui avais dérobé un livre. Le sourire en coin et soulagé de savoir le journaliste retrouvé en vie, je m'imagine détacher les pages du livre blanc et les semer l'une après l'autre derrière moi, depuis sa voiture jusqu'à Marseille, afin que Lucien Allar puisse me retrouver.

Dans la rue, parmi le flot des passants, c'est encore le massif des Maures qui se déploie dans ma tête comme un havre de réconfort. Et j'échoue de nouveau, comme dans ma jeunesse, sur les collines frondeuses, parmi le chant des grives et des merles au petit matin. Les godillots cirés de romarin et les bras écorchés, je bats la campagne, souple comme un indien. Un chien hurle dans une maison isolée et la brise disperse sa plainte. Le soleil roule des éclairs terribles dans le lointain.

Mais c'était il y a si longtemps, en un temps de liberté et d'insouciance, loin des soucis et des chausse-trappes des grandes villes, un temps de paix dans mon adolescence à peine éclose.

Une bonne piste

Octobre toujours, un mois aussi dense que l'impression d'éternité dans laquelle ruminent mes pensées. Au loin, le château d'If soulève sur la mer ses épaules recouvertes d'une cape de lumière pâle venue du large. À cette heure de l'après-midi, la vie frétille à peine le long de la corniche. Je me coule dans la maigre circulation, ragaillardi par mon déjeuner à « La Marinière », près du vieux port. A une table voisine, un couple de personnes âgées m'avait longtemps épié, sans doute une distraction comme une autre pour des gens qui n'ont plus grand-chose à se dire. Et un homme seul, c'est toujours louche, pensaient-ils. Qu'est-ce qu'il pouvait bien faire dans la vie ? Il doit avoir la trentaine, il présente bien, quoique sa mine pâle et ses traits fatigués lui donnent un air bizarre.

Après le vallon des Auffes, la route monte vers le quartier d'Endoume, un revers de la ville déployé vers le sud. Par les petites rues emmêlées, j'arrive à l'adresse indiquée par la femme-chouette de l'hôpital. Une dernière piste explorée sans conviction. Je ne suis pas venu à Marseille pour l'infirmier-major. Malgré tout, mon passé de journaliste me rappelle qu'il ne faut rien négliger. Les fils qui remontent une affaire sont parfois ténus et imprévisibles. Tout comme je m'en voulais de ne pas m'être inquiété plus tôt pour le disparu des Maures, bien que ses nouvelles soient rassurantes. Nous avons tant de points communs que l'on pouvait nous confondre. N'ai-je pas moi-même disparu brusquement de ma vie de journaliste, à un moment donné ?

Au coin de la rue se dresse une villa modeste. Un portail métallique en barre l'accès. La vigne vierge mange une partie de la façade et un figuier dépasse du mur de clôture. A l'étage, une véranda avec de grandes baies vitrées aux voilages blancs. Je passe à pied devant l'entrée, le livre à la main. C'est bien la résidence du major ! J'ai un frisson à l'idée qu'il pourrait sortir et me reconnaître. Comment lui expliquer alors ma présence ? C'est idiot, me dis-je, après si longtemps il ne peut pas se souvenir de tous les patients, de tous ceux qui ont fait une brève traversée dans son pavillon désormais à la casse.

Un chien aboie derrière la haie de lauriers roses de la villa voisine. Il a senti ma présence suspecte. Qu'est-ce que je fais ici ? À petits pas discrets, je regagne ma voiture avant que des voisins ne signalent un rôdeur dans le quartier. Je me convaincs que ma persévérance n'a guère de sens. Que puis-je espérer d'un distributeur de yaourts avec qui je n'ai eu que des échanges distants, des rapports hiérarchiques de gardien de l'ordre face à un malade indiscipliné ? Un rival aux intentions nébuleuses ! Jamais je n'oserais lui demander ce qu'est devenue Marise. C'est dans cet état étrange de renoncement que je m'installe au volant, désormais sans autre but que de regagner Paris au plus vite et oublier ma glissade stupide dans le passé.

À ce moment précis, deux silhouettes s'animent derrière un rideau de la véranda inondée de clarté. Un homme de grande taille et une femme. Il me semble reconnaître l'allure hautaine et prétentieuse de l'infirmier-major. Qui est la femme à ses côtés ? De taille plus petite et menue. L'idée qu'il pourrait s'agir de Marise me tenaille. Je donnerais cher pour être projeté loin de ce cauchemar. Pourquoi n'ai-je pas maintenu mon rendez-vous avec monsieur Simonpiéri ? Je serais libre à cette heure, l'esprit occupé par un nouveau projet publicitaire. Du concret à ma portée, sans état d'âme ! Au lieu de cela, je m'obstine à rester indécis à ce croisement de rues, comme dans l'attente d'un miracle. D'ailleurs, les silhouettes ont disparu.

Non, je n'ai aucun don de magicien pour renverser le destin et faire revivre l'adolescence. Les années ont fait leur sale besogne. Alors que puis-je espérer ? J'avise soudain un vieil homme assis sur un banc de pierre, quelques maisons plus loin, une canne à la main. Il a vu mon manège, il n'y a pas de doute. Je repense à l'homme sur le banc de la place Castellane. On dirait qu'un réseau de personnes âgées surveille la ville. Des anciens disposés aux points stratégiques - carrefours, places, fontaines, musées et même restaurants - comme des sentinelles qui se fondent dans le paysage. Ils ont pour eux l'alibi de l'âge, de l'inactivité ou de l'impotence. Et ils observent, ils notent les allées et venues, les comportements. Ils quadrillent les passages. Pour le compte de qui agissent tous ces guetteurs ?

Sans réfléchir, je sors de ma voiture et me dirige d'un pas décidé vers le guetteur en faction. En passant devant la villa du major, le portail s'ouvre. Une jeune fille paraît. Les cheveux bouclés, le regard pétillant. La démarche hardie. Aucun doute, c'est Marise ressuscitée dans sa splendeur ! Lorsqu'elle me frôle, je crie son prénom. Elle me dévisage un instant et fait un signe négatif de la tête. Puis elle court vers l'arrêt de bus en contrebas. Sa chevelure et sa jupe flottante, son corps gracieux. Elle a la spontanéité magique et la fraîcheur de l'adolescence. Non, ça ne peut pas être Marise, mais son double !

Le vieil homme m'invite à m'asseoir auprès de lui sur la pierre froide. Je ne sais ce qu'il pense de mon air hébété, de ma manière de héler une jeune fille dans la rue. Peut-être me prend-il pour un maniaque sexuel ! Il tapote mon genou et semble comprendre mon désarroi.

J'ai cru, dis-je sans le regarder, j'ai cru que c'était Marise. La sentinelle a de petits yeux gris qui m'inspirent confiance, un visage épais et de rares cheveux blancs. C'est sa fille, répond-il avec calme. Ainsi, Marise vit là, avec l'infirmier-major, une révélation qui me tord le ventre. Certes, je soupçonnais leur liaison, mais l'absence de preuve était une forme de déni. Désormais, je sais qu'ils vivent sous le même toit et ont une fille ensemble, et que cette fille est la réplique de sa mère en plus jeune, aussi ravissante que lorsque je l'ai connue. Une chevelure à peine plus claire, me semble-t-il.

La brutalité de cette découverte me vieillit de nouveau. Et de nouveau, ma vie n'a plus de but. Je pourrais me faire engager dans le réseau des sentinelles qui quadrillent la ville et me déplacer de banc en banc, tenir des nœuds névralgiques comme autant de postes avancés. Peut-être apercevrai-je un jour le journaliste des Maures qui, une fois relâché par la clinique de la Palmeraie, ne devrait pas tarder à marcher dans mes traces puisque tous les malheurs passent par Marseille. Il me reconnaîtra inévitablement, à cause du livre blanc tâché de graisse et toujours à mes côtés, ce passeport secret qui nous relie.

Mon compagnon de banc connaît tous les résidents du quartier. Il se met à me parler lentement, comme à un ami. Il a le geste économe et distille ses phrases avec une voix légèrement rocailleuse. Tout cela doit rester entre nous, dit-il. Je suis flatté de cette rencontre salutaire et de ses confidences. Ses paroles sereines redonnent un peu de saveur à mon existence.

Sur l'infirmier-major, il en sait long. Il l'a vu à l'œuvre à l'hôpital. Lui-même était alors un pyjama immobilisé par plusieurs fractures, après une chute grave sur un chantier. Il était témoin lorsque le major a été renvoyé, ainsi que Marise. Une affaire pas claire, précise-t-il aussitôt. Ils étaient soupçonnés de dépouiller des malades âgés et sans famille, souvent proches du trépas. Argent, bijoux… Je ne sais pas comment cette brave fille a pu se laisser entraîner, ni s'ils ont finalement trouvé des preuves, dit-il. Toujours est-il que les deux ont été licenciés sans ménagement, il y a bien dix ou quinze ans de cela.

Pendant que le vieil homme parle, je revois les dossiers rouges des archives et l'air surpris des deux femmes au comptoir du baraquement. Je n'arrive pas à croire que Marise ait pu commettre de tels actes pour les beaux yeux du major. Non, elle n'est plus la même que dans mon souvenir. Mon rêve est souillé. Il y a dorénavant trop d'obstacles entre nous. Je réalise soudain qu'elle pourrait sortir de la villa. J'interroge alors mon compagnon sur la présence de Marise.

Il reste silencieux comme si j'avais détourné la source de son histoire, et que sa pensée s'était évaporée, épuisée par ses efforts de conteur. N'aurait-il déjà plus rien à me dire ? Ai-je trop exigé de lui ? Après tout, il ne me connaît pas. Il pourrait se méfier de mes intentions. Je ferais mieux de partir. Il appuie son menton sur la canne de bruyère. Il s'enfonce dans le mutisme et reprend sa veille muette, le front songeur. Je n'ose pas bouger. Il se racle la gorge et crache à ses pieds. Puis ses lèvres battent de nouveau.

Non, poursuit-il comme si de rien n'était, vous ne verrez pas Marise. Elle est sur les routes. Elle est représentante en machines agricoles pour le compte d'une entreprise allemande. Elle ne rentre qu'en fin de semaine, et c'est peut-être mieux ainsi. Car tout n'est pas rose dans ce ménage. Je plains surtout Maurine, la pauvre gamine. Je n'apprécie guère cet homme. Il vient d'être renvoyé de la clinique psychiatrique où il travaillait, officiellement pour cause de désaccord avec sa hiérarchie, que l'on m'a dit.

Un vent frais court sur nos visages. Le conteur prend une mine dépitée. On sent qu'il a bon cœur, qu'il aimerait faire quelque chose pour Marise et Maurine, qu'il souffre avec elles. Il ne me pose pas de question et me parle d'elles comme si j'étais un familier. Il a besoin d'en parler. Il prend fait et cause pour la mère et sa fille, et puise encore un peu dans ses propres souvenirs.

C'est décidé, je ne veux plus entendre parler de la métropole phocéenne, des hôpitaux et des contrefaçons du passé, des égarements de Marise qui me blessent. Son histoire n'est plus la mienne. Je ne peux plus rien entendre qui abîmerait davantage mes souvenirs. Que Massalia les protège tous ! Une solution s'impose à moi : la fuite. J'abandonne le guetteur à sa vocation première. À ce moment, je regrette de ne pas disposer des bouchons antibruit de monsieur Simonpiéri qui m'auraient mis définitivement à l'abri de ces rumeurs sulfureuses, et placé sous la protection du silence.

En route vers Paris

L'autoroute vers Paris, jeudi après-midi. Les camions musardent sur la voie de droite. J'avais une réservation sur un vol au départ de Marignane. La déception sans doute et un besoin de solitude, une décision à l'emporte-pièce, et me voilà dans ma voiture de location, à bouffer des kilomètres de bitume ! La griserie éphémère de la vitesse qui me coûte de la fatigue et du temps. Et un dernier espoir peut-être de croiser la route de Marise, et - qui sait ? - recueillir de sa bouche une version qui adoucirait les faits, comme une chance ultime. Un instant, j'imagine que la parole est à la défense.

Quelle piètre journée pour les affaires ! Le rendez-vous manqué avec monsieur Simonpiéri, charlatan notoire. Je ramène de ce voyage épuisant l'impression désagréable d'une quête inachevée, à la poursuite de fantômes et de témoignages impossibles. Des souvenirs aussi désordonnés que mes archives d'adolescent, à jeter au feu. L'idée me vient cependant que ma voiture est happée par une douce odeur de fumée. Un grand feu dans un champ étire son panache jusqu'à l'autoroute. Quel plaisir de sentir la Provence, avec sa lourde traîne, se consumer peu à peu dans mon dos ! Et bientôt les soubresauts des Alpilles et du Luberon. Le groin pelé du mont Ventoux. Le Rhône qui déboule comme un cinglé sur la voie de gauche. Et moi au milieu, avec le sentiment d'avoir échappé de justesse à une menace, de celles qui jaillissent de l'intérieur et que l'on ne contrôle pas.

C'est drôle, car j'ai beau m'éloigner du Sud, il me semble encore, par moments, rouler à fond vers ma jeunesse. Comment résister à ses rappels lorsque des ombres me hantent et me tirent par le bras ? C'était aussi une époque de douceur, de rires et de caresses. Je ne peux pas l'oublier.

Sur la route, le paysage change lentement. Le ciel se durcit. Les voitures roulent à vive allure comme si elles relevaient un défi. Je pense encore à l'étrange journée, aux personnages de substitution. Un passage peut-être salutaire, car il n'est pas bon de garder des échardes dans la tête comme autrefois dans l'index. Autant vider l'abcès, oxygéner le sang et la mémoire.

Après la traversée de Lyon, des nuages noirs barrent l'horizon. L'air s'est épaissi. Les voitures roulent en code. On dirait qu'un énorme tunnel se forme sur l'avant et je m'y précipite. La buée sur le pare-brise déforme les distances. Je change la fréquence radio au milieu d'un morceau de jazz pour les informations : la guerre au Liban, les milices et les voitures piégées... La hausse des prix de détail. Une grève à la SNCF. Une rengaine entendue des milliers de fois. Et pour terminer, les résultats des courses à Enghien...

Instinctivement, j'éteins la radio. Je m'isole du monde. Un klaxon me fait sursauter. Quelqu'un s'impatiente et me fait des appels de phares. Je redresse ma voiture déportée sur la gauche.

Il pleut. La nuit s'installe sous les nuages. L'agitation crispante des essuie-glaces. Je soulage un peu l'accélérateur. Plus rien ne presse. Les camions soulèvent d'immenses gerbes d'eau. L'horizon est illisible, aveuglant. Je flotte dans un immense halo de vapeur et commence à regretter le confort de l'avion. Un sentiment de découragement. J'ai jeté trop de forces dans cette bataille inutile. On ne retrouve jamais son passé intact. Et il me semble que cette journée dure depuis des années. Elle m'éreinte. Je serre à droite, derrière la file de camions qui fend la surface bouillonnante des eaux.

Je baisse un peu la vitre. Les gouttes d'eau sur ma joue. Leur fraîcheur bienvenue. Un panneau apparaît dans une bulle de lumière : Chalon-sur-Saône.

Et l'autoroute prolonge au-delà sa fissure interminable. Je rêve d'accoster sur un rivage sec et paisible, et je vois se former l'image chancelante d'une jeune fille à la sortie d'une aire de repos, le bras tendu sous la pluie. Je cligne des yeux. La silhouette persiste, avec ses formes vivantes. Elle agite toujours son bras. Je m'arrête un peu plus loin, sur la bande d'arrêt d'urgence. La fille court maintenant vers moi comme dans un rêve. Un petit bagage balance au bout de son bras. Sa main frappe à la vitre. J'ouvre la portière. Elle entre sans attendre. Elle est essoufflée, auréolée de nuit et de buée, et d'une fraîcheur tout juste sortie de l'adolescence.

Vous allez sur Paris ? demande-t-elle. Déjà elle défait son imperméable. L'eau ruisselle sur ses cheveux, sur ses joues et glisse sur le siège. J'ai rejeté le livre sur l'arrière et je la regarde avec étonnement. Elle s'ébroue sans gêne, soupire longuement. Je commençais à être trempée, dit-elle. Je remarque son épaisse chevelure noire, sa grande bouche. La voix grave. L'allure féline.

Qu'est-ce que vous faites sur l'autoroute sous la pluie ? Dis-je sur le ton du sermon. Elle hausse les épaules. Je regrette ma question. J'ai quitté Vienne sous le soleil pour rejoindre Paris, dit-elle. Ça a failli marcher du premier coup. Le type qui m'a prise y allait direct. Lorsqu'il a commencé à me tripoter, j'ai demandé à descendre. Qu'est-ce qu'il se croyait celui-là ?

Elle incline un peu le siège et prend une pause détendue. La pluie semble porter la voiture tellement elle occupe tout l'espace autour. Un éclair fendille le ciel. On n'entend pas le tonnerre, seulement l'eau qui s'enroule autour des roues comme à la chaîne d'un puits. Et on est deux maintenant à remonter en silence vers la surface du déluge. La fille reprend : ça doit être crevant de conduire sous la pluie. J'ai l'habitude, dis-je. Ah ! Bon. Qu'est-ce que c'est votre job ? Je suis… journaliste. Je reviens d'une enquête. Quel genre d'enquête, demande-t-elle ? Elle a relevé son dossier et tourné la tête avec intérêt. Elle me regarde, la bouche légèrement entrouverte. Une enquête sur l'adolescence en Provence, dis-je, et son intérêt retombe aussitôt.

Qu'est-ce qui m'a pris ? Le mensonge est sorti avec la spontanéité d'une vérité. Est-ce d'elle que je me moque ou de moi-même ? La fille se contorsionne sur le siège, sûre de sa beauté et de son charme. Je lui demande : et vous ? Qu'est-ce que vous faites dans la vie ? Elle sourit : moi ? Je chôme, mais plus pour longtemps, dit-elle dans un long soupir. Je suis chanteuse de rock. Des copains me prennent à l'essai dans leur groupe. C'est pour ça que je monte à Paris. Je commence à Nanterre à la fin du mois. Vous viendrez me voir ? Ses mains autour des genoux, elle rejette la tête en arrière avec des rêves de star. Pourquoi pas ? Dis-je. Et si ça vous plaît, dit-elle conquérante, vous pouvez faire un papier puisque vous êtes journaliste. Je vous réserve l'exclusivité d'une interview, d'accord ? Un sourire aguicheur déborde de ses lèvres pulpeuses. Elle le prolonge de quelques nouvelles contorsions du buste. Elle a le corps taillé pour son ambition.

Vous savez, je ne suis pas très calé en rock. C'est un domaine spécialisé. Elle acquiesce : je sais, je sais. Mes vieux n'y croient pas non plus. Tu penses qu'ils m'aideraient ! Ils disent qu'on est tous des braillards et des bons à rien, que je ferais mieux de travailler à l'usine comme eux. Ce n'est pas pour rien que je pars en stop. J'en ai assez. Je vais leur montrer ce que je sais faire !

Le ton hargneux, presque vulgaire me déplaît. Il fausse son physique flatteur. Elle veut me convaincre à tout prix. La preuve qu'elle est sérieuse ? Elle me parle de ses idoles : David Bowie, Phil Collins, Tina Turner… Elle a tous leurs disques. Ceux qu'elle n'a pas pu acheter, elle les a volés. C'est dire sa passion ! Elle me raconte les débuts difficiles des artistes, l'incompréhension des adultes. Elle au moins, elle sait ce qu'elle veut. Elle ne moisira pas en HLM comme ses parents. D'ailleurs, je déteste ma famille, dit-elle les poings serrés.

J'ai l'impression qu'un orage a éclaté tout près de moi. Un délire verbal qui ne me concerne pas, qui n'arrive pas à me distraire. Je bâille, la lassitude. La fille ne le voit pas, aveuglée qu'elle est par sa colère. À la hauteur d'Auxerre, je mets le clignotant à droite. Elle réagit avec un petit cri : qu'est-ce que vous faites ? Un arrêt toilettes, dis-je sans la regarder.

La pluie a cessé brusquement, mais le ciel est toujours rayé de noir. L'aire de parking luit devant les phares, entre les véhicules garés devant le bâtiment d'aisance. Je coupe le moteur et les feux. Les jambes engourdies, je fais quelques pas. J'apprécie la douceur du soir, les odeurs qui montent du sol humide. L'étape brève et discrète sur un parking anonyme. La nuit souveraine qui efface tout et redonne à chacun sa chance.

Lorsque je reviens, le livre blanc est ouvert sur les genoux de la rockeuse. Le testament profané ! L'indiscrète ! Je le prends doucement de ses mains et le repose sur le siège arrière. Vous devriez en profiter pour aller aux toilettes, lui dis-je contrarié. Elle réplique sèchement : je n'ai pas envie.

Vous devriez y aller quand même. Je ne fais plus d'arrêt jusqu'à Paris. Le ton menaçant de ma voix la surprend. Elle hésite, puis elle pousse la portière en tenant son bagage léger contre son ventre.

Je regarde sa longue silhouette déambuler vers le bâtiment. L'allure gracieuse que son ombre déplace. Lorsqu'elle disparaît, je remets le moteur en marche et je quitte lentement le parking. Il y a dans la voiture tout le silence de la nuit, un parfum de femme et de foin humide. Je remets le livre sur le siège passager encore chaud. Au loin, le plafond gris se relève un peu et les lumières des villes font des nappes toujours plus denses.

Je me surprends à chantonner un vieil air de rock qui trottait depuis un moment dans ma tête.

Des nouvelles de Lucien Allar

Rue Santos Dumont. Un matin paisible succède à une courte nuit. La journée de vendredi tarde à s'ouvrir. À l'entrée de l'appartement, le vase de fleurs est toujours vide, et le reste est baigné de solitude. La lumière du dehors perce avec peine.

Pascal m'écoute au téléphone, mais je sens bien qu'il est perplexe. Il a du mal à me croire. Je m'efforce de rester serein. Tu sais que tu peux compter sur moi, me dit-il. Il y a un silence.

On travaille ensemble depuis des années. Il me connaît bien. J'apprécie sa loyauté. Son amitié précieuse. Je sais qu'il a confiance en moi et cela me fait mal au cœur de lui mentir. Mais je n'ai ni l'envie ni le temps de lui raconter mon histoire pitoyable au téléphone. D'ailleurs, il me tarde de raccrocher.

Je te dis que ce n'est rien de grave, Pascal. Tout juste quelques égratignures. C'est surtout la voiture qui est abîmée. J'ai dû annuler le rendez-vous à Marseille. J'ai besoin du vendredi sur place pour les formalités. Je rentre sur Paris en fin d'après-midi. Allez, je compte sur toi pour expliquer tout ça au patron.

Je raccroche et, d'un geste las, je m'essuie le front. La situation m'oblige à mentir à un ami. Je ne veux pas qu'il sache que je suis rentré ni qu'il me voie dans cet état.

La nuit dernière, au retour du long voyage dans le passé et malgré la fatigue de la route, j'ai relu des pages du « Testament amoureux ». Et les aveux de l'auteur ont conforté mon opinion : « De mon père, écrit-il, je tiens une certaine forme d'humour, une facilité quasiment illimitée d'entreprendre et de réussir comme par magie les choses les plus inattendues ; il me semble que rien ne peut me résister, et lorsqu'il m'arrive de me heurter à un obstacle je le saute avec une facilité qui ressemblerait par bien des côtés aux « tours » que mon père savait si admirablement réussir. » Ne jamais renoncer, c'est la leçon ! Avec ou sans la magie qui m'est, elle, étrangère.

Et je ne pouvais m'empêcher de songer à Lucien Allar, sans doute parti à la rencontre de l'écrivain R. et qui s'est lui aussi heurté à un obstacle. Une sale histoire finalement ! Le livre blanc refermé entre mes mains, il semblait s'épaissir tout à coup comme une brique, les pages collées les unes aux autres. Et plus aucun signe ne m'était venu de la nuit ainsi bâillonnée.

Mon avantage sur le journaliste, c'est que je connais bien le massif des Maures. Mais voilà que ma recherche s'est détournée de lui. Elle m'a mené jusqu'à Marseille, sur les pas maladroits de Marise recouverts de poussière et d'aventures que j'aurais préféré ignorer, et conserver l'image magnifiée de sa jeunesse intrépide. Et mon rêve s'est effondré par deux fois : devant le vieil hôpital détruit où notre union fut symboliquement bénie, et devant la villa de l'homme qui a conquis le cœur d'une femme que je recherchais inconsciemment, sans doute avec un espoir démesuré.

Ah ! Le grand chapiteau blanc de la rue Saint-Pierre. Lui aussi gardera sa part de mystère. J'imagine les bâtiments robustes qui s'effondrent avec la lenteur des siècles prisonniers de leurs murs. Un grand panache de poussière engorge alors la ville. Une poussière dense, au souffle d'éternité. Massalia tremble sur son socle, et la terre ouvre un instant ses veines. On entend des cris étouffés. L'inquiétude se propage jusqu'aux montagnes. Sur le seuil de sa bergerie, Jean tend l'oreille. Le chien gémit contre sa jambe. Et l'infirmier-major emporte Marise dans ses bras, loin des décombres. Un autre prétexte pour accaparer son amour dévorant de la vie. Il s'approprie son sourire espiègle, son corps généreux.

La veille, sur l'autoroute, je m'étais pourtant promis un vendredi de convalescence au bureau. Le courrier, les rendez-vous à prendre, le compte-rendu au patron. Le déjeuner avec Pascal à la cafétéria. De quoi oublier le naufrage du jeudi et les parenthèses brouillonnes de la nuit pour un bain de réalité ! Et sur le retour, j'aurais mieux fait d'épuiser ma santé avec la belle rockeuse au lieu du livre maléfique qui ne me lâche plus.

Mon coup de fil matinal à Pascal a fini de tout gâcher. Je me promets de lui dire la vérité, toute la vérité, plus tard, dès que je la saurai.

L'hôtesse qui me répond au téléphone a changé de voix, tant d'années après. Je plaque néanmoins sur elle le visage lisse de celle qui m'avait plusieurs fois accueilli à la clinique, comme si nous avions rejoué ensemble, avant chaque opération chirurgicale, une scène ratée. Je lui demande aussitôt des nouvelles d'un ami, Lucien Allar, hospitalisé à la Palmeraie. Elle reprend son souffle timide, feuillette un répertoire. Je ressens les hésitations de sa jeunesse, son manque d'expérience. Ah ! dit-elle, c'est le jeune homme qui a été agressé, un journaliste, je crois. Le malheureux ! Je vous passe le service chirurgie, ne quittez pas.

Ravi tout d'abord que mon intuition se confirme, je m'inquiète très vite du sort de la victime remise entre les mains douteuses du chirurgien de la Palmeraie. Et je perçois dans le lointain les bruissements généreux des palmiers qui font diversion et recouvrent la danse folle des bistouris.

À l'étage de la chirurgie, l'infirmière qui prend le relais adopte un ton grave. Elle m'interroge : est-ce que vous êtes de la famille ? De nouveau, je dois biaiser : on se connaît avec Lucien et nous n'avons plus de nouvelles de lui au travail. La femme hésite, rumine quelques pensées inaudibles, sans doute une faiblesse passagère, ou la fatigue. Elle se ressaisit : il vient tout juste de reprendre ses esprits. Il revient de loin. Fracture du crâne et autres complications. Il aura besoin d'un long repos. Elle marque une pause et ajoute : pourriez-vous prévenir sa famille ? Nous n'avons pas de nouvelles de ses proches. Je m'entends répondre spontanément : je vais faire pour le mieux. Comptez sur moi. Après ce mensonge apaisant, une envie d'être utile me serre la gorge. Que faire d'autre ? Si, j'aimerais tant qu'elle lui dise de s'enfuir dès qu'il le pourra, comme moi autrefois, et d'aller se faire soigner à Marseille. À l'hôpital de la Conception, c'est plus sûr. Les premiers services sont déjà opérationnels dans les bâtiments neufs. Il le faut, c'est sa destinée ! Il doit suivre mon exemple, et marcher sur mes traces !

La quête continue

Au cours de la matinée du vendredi, un sac plastique sous le bras, je referme la porte derrière moi. Une clarté avare tombe sur les façades de la ville, comme si la nuit pouvait revenir d'un instant à l'autre. Pas un souffle de vent n'agite les arbres, n'ébruite les nouvelles de la rue.

Dans la rame du métro, un groupe de touristes italiens s'agite. Les hommes se disputent devant le plan au-dessus des portes. Leurs femmes ont des mines inquiètes. Ils ne sont toujours pas d'accord entre eux lorsque je descends à Montparnasse Bienvenue, un arrêt ouvert à toutes les directions, qui pourrait les remettre d'accord.

L'adresse que je cherche me conduit dans le sixième arrondissement. Je repère bientôt la façade en pierres de taille de la maison d'édition. L'odeur des livres est partout présente dans le hall. Je suis au cœur de la création littéraire, impressionné. La dame qui m'a ouvert avec confiance, en réponse à ma sonnerie, se tient debout derrière un bureau. La coiffure bouffante, les joues fardées et d'épaisses lunettes, autant d'artifices pour atténuer un peu son âge, ou pour mettre en exergue le sérieux, le prestige et l'ancienneté de la maison d'édition. Déjà près de trois siècles d'existence ! Elle m'observe d'un air interrogateur.

Un couple passe devant elle avec des livres sous le bras. Ils la saluent, s'inclinent presque devant la dame de faction qui régule la vie de la maison.

Je désire parler au directeur littéraire, lui dis-je avec fermeté. C'est urgent. La dame se raidit : il est absent. Aviez-vous rendez-vous ? C'est à quel sujet ? J'insiste d'un air grave : c'est à propos d'un auteur de votre maison. Un ami journaliste qui devait le rencontrer a été agressé. Et je lui parle alors de l'écrivain R. et de son ouvrage « Le testament amoureux » que j'ai pu récupérer. Il faut que j'explique ce qui est arrivé à Lucien Allar, la raison de son annulation. Elle esquisse un sourire, et un léger signe de refus. Le téléphone sonne. Un instant, dit-elle. Elle répond, prend des notes. Puis elle raccroche et ajoute sans transition : je m'occupe de vous. Elle compose un numéro et la voilà qui prend soudain mon parti et m'arrange une entrevue. Le lecteur qui suit son travail littéraire, dit-elle, est d'accord pour vous recevoir un moment. Il dispose de peu de temps. Merci, dis-je, et je m'incline moi aussi pour lui signifier ma grande reconnaissance.

Au fond du couloir, un homme de grande taille, au profil émacié et aux cheveux rares, me reçoit avec un sourire à peine amorcé, comme si je le dérangeais. D'un geste, il m'indique le fauteuil en cuir noir devant son bureau, et regagne sa place. L'homme repousse ses lunettes au bord du nez. Il m'inspecte de haut en bas, comme s'il voulait vérifier la crédibilité d'un personnage de roman qui surgirait du néant. Que me vaut le plaisir de votre visite ? Dit-il en forçant un peu sa voix.

Je lui raconte alors la mésaventure de Lucien Allar qui n'a pas pu rencontrer l'écrivain R. Il hoche la tête et confirme qu'il a été informé par son poulain littéraire que le visiteur n'était pas venu hier et ne l'avait pas averti de sa défection, une absence désormais justifiée.

De nouveau, mon pressentiment était le bon. Le jeune journaliste allait bien à la rencontre de l'écrivain des Maures. Un soulagement pour mon pari osé sur lequel j'avais basé ma présence dans ce bureau ! Je lui donne alors des nouvelles de Lucien, de sa santé. La blessure est grave mais il va s'en remettre, selon les médecins, c'est une question de temps. J'ouvre mon sac en plastique et je lui tends le livre blanc comme preuve de ma sincérité.

L'homme vérifie les couvertures, les poinçons du service de presse au verso. Il l'ouvre et feuillette les pages, certaines sont écornées, d'autres tachées. On comprend que ce livre, rescapé d'un accident, a déjà beaucoup servi. Votre ami n'a pas eu la chance d'obtenir une dédicace, me dit-il en me regardant par-dessus ses lunettes avec un sourire espiègle.

Je lui parle alors de mon intérêt pour « Le testament amoureux », je mentionne certains passages lumineux, les leçons de courage de l'auteur, ses réflexions profondes. J'évoque son demi-siècle de migration depuis Téhéran jusqu'au sud de la France, en passant par la Russie. Son refuge heureux désormais dans Les Maures. Son père persan, tantôt créateur de magie, illusionniste ou charlatan, ou encore directeur de conscience de gens étranges.

Un climat de confiance s'installe dans le bureau. Le lecteur détend son long corps et m'écoute avec attention. Il ajoute quelques précisions, des faits qui ne sont pas dans le livre, car il avait soutenu et accompagné le manuscrit.

Je lui dis alors que je connais bien le massif des Maures, que je suis journaliste en disponibilité, dans l'attente de reprendre mes activités, que j'avais autrefois des prétentions littéraires. Je sors de ma poche la lettre de l'écrivain R. qui avait promis de me faire signe à son retour d'Italie. Mon interlocuteur ôte ses lunettes, ouvre de grands yeux. Je ressens sa faiblesse pour l'auteur, son empathie. J'en profite pour ajouter : je suis toujours prêt à le rencontrer, à reprendre le travail de Lucien Allar qui n'a pas abouti. L'homme approuve de la tête. Il me contactera, dit-il. Je lui laisse les informations pour me joindre et je lui présente des excuses pour ma visite impromptue. Il a alors un sourire épanoui, au point de croire que notre rencontre lui a fait du bien.

Au moment où je quitte le bâtiment prestigieux, je réalise que j'ai sous mon bras le sac plastique avec le livre blanc à l'intérieur.

La traversée de Paris et d'une vie

Le soleil a fini par percer. Il arrose enfin les toits, les arbres et les piétons de Paris. Il répand sa lumière bleutée. Est-ce au hasard ou plutôt à la dérive que mes pas me conduisent jusqu'aux bords de Seine ? Un bateau-mouche remonte le fleuve. Accoudé au ballast de pierres, je regarde son sillage se refermer avec pudeur.

Dois-je me réjouir de ma visite chez l'éditeur ? Je tiens encore en main le testament de papier qui parasite mes pensées. Celles-ci sont toujours ballottées entre les aventures héroïques de l'auteur, mes souvenirs d'adolescence, mon choix de vie remis en question, et une tendance inavouée à prendre la place du journaliste, victime de son échec. Je me souviens avoir utilisé les pages laissées en blanc, à la requête de

Claude Lanzmann, pour prendre des notes, des conseils à lui donner. Je pourrais aussi laisser tomber le livre blanc dans la Seine et regarder son pavillon flotter puis s'éloigner au gré des courants. Pourtant, je n'en fais rien.

C'est l'appétit qui guide finalement mes pas. Je pousse la porte d'un restaurant chinois. Il y a déjà un concert silencieux de baguettes autour des tables. La vigie immobile derrière le comptoir, ce doit être le patron. Le front dégarni et les cheveux tirés en arrière. Son regard plissé veille sur la salle. Le serveur asiatique me fait asseoir et me tend la partition du jour. Il revient, un moment après, me questionner de sa voix faible, soumise. Je choisis les rouleaux de printemps et le canard laqué. Quelque chose me gêne dans les gestes de ce jeune homme à la démarche légère. Je mets longtemps à l'admettre, à force de compter et recompter les doigts de sa main droite pendant qu'il sert les tables voisines. Et pourtant, il a bien six doigts qui se déploient en même temps, des doigts souples, longs et fins, pareils à ceux d'une femme. Le patron me regarde avec un sourire compatissant.

Tout au long de mon tête-à-tête avec le canard laqué, j'imagine la Chine mystérieuse où la nature ne semble pas tenue de respecter la norme, où l'on peut jouer ses doigts au mikado. Et je vois ressurgir le profil chevalin du menuisier dans la cour d'hôpital à Marseille. Il me tend sa main droite martyrisée en ricanant. Et ses doigts ont de nouveau changé de place. Je lui confie à voix basse le nom du pays où il peut facilement trouver des doigts de rechange. Est-ce que j'en sais trop ? J'ai soudain l'impression d'être sous les regards d'autres convives, et l'objet d'une surveillance discrète.

En attendant les beignets de pomme flambés au saké, je me donne une contenance en replongeant dans la lecture du livre blanc, comme dans la nuit de l'hôtel Ibis. Peut-être encore à la recherche d'une issue de secours ! Et aussi pour éloigner les regards de la salle. Enfin, en partant sur la pointe des pieds, je laisse un pourboire généreux au garçon, le prix de son silence, et je passe au large du patron toujours agrippé à son comptoir, ses cheveux presque à l'horizontale, comme un jour de grand vent.

Sur les quais, je hèle un taxi. Rue Santos-Dumont, vite. La voiture longe la Seine à vive allure. Je pense un moment à Zé, à son ambulance tachetée de lumière bleue, avant de m'assoupir sur le siège arrière, l'ouvrage bâillonné de plastique sur les genoux. C'était une autre époque et j'avais un doigt d'inconscience qui m'allait si bien.

Après une courte sieste, je me sers un grand verre de scotch. J'écoute les bruits du voisinage. A l'étage au-dessus, le ronflement atténué d'un aspirateur, et une musique de rock dans le lointain. Enfin la sonnerie d'un téléphone, tout proche cette fois. Je réponds. La gendarmerie de Grimaud m'informe que ma déposition ne sera pas nécessaire. On vient d'arrêter un individu suspect à Marseille. Il avait cambriolé deux villas en bordure de route, à l'endroit où l'on a retrouvé Lucien Allar. L'homme aurait volé deux voitures. Celle du journaliste, et laissé des traces de sang à l'intérieur. Le voleur s'était blessé en brisant les vitres d'une villa. Dans le second véhicule, on a récupéré des objets volés. Puis le gendarme m'interpelle : est-ce que j'aurais tout de même un indice ou une information utile qui me serait revenue depuis ? Je pense tout à coup à l'individu hagard franchissant le portail de l'hôpital de la Conception, le poignet bandé. C'est davantage une impression qu'un indice sérieux. Je décide de n'en rien dire, de ne pas prendre le risque de me rendre complice d'une fuite en n'ayant rien signalé plus tôt. D'ailleurs, je n'avais aucune raison d'être devant l'hôpital ce jour-là, pas d'alibi crédible.

Au lieu d'être utile au gendarme, je décide de me débarrasser des pièces à conviction de ma propre enquête. Je récupère mes archives de l'adolescence et je découpe en morceaux inexploitables la radio de mon index amoureux. J'embrasse la frêle photo de nos visages joue contre joue avant de la glisser dans la déchiqueteuse. Je dois mettre de côté un amour qui ne s'est jamais accompli. Un amour rêvé. Avant de détruire la photo, je remarque le sourire de Marise qui se pose une dernière fois sur moi, libre et gai comme un chant d'oiseau. Libre de s'envoler à jamais. Et de tout cela, je dois faire le deuil. Détruire mes souvenirs écrits avec le sang impur de la mer, à la pointe d'un oursin. Je détruis aussi la lettre rédigée de la main de l'écrivain R. J'hésite avec le livre du service de presse, puis je le mets de côté. Il ne m'appartient pas. Je dois le rendre au journaliste, lorsqu'il sera rétabli.

En deux jours seulement, j'avais refait le tour de ma vie et j'avais apuré mon passé. Ainsi, je ne garderai de la rencontre amoureuse avec Marise que son image magnifiée, dans un écrin hors d'atteinte. Un souvenir léger comme le trait d'union entre deux personnes, ou comme celui entre deux dates, la date de son début et celle de son renoncement. Quelque chose d'aussi mince et brillant, mais éternel, que le trait que l'on grave sur les pierres tombales, entre la date de naissance et celle de la mort.

L'appel au secours

Le mois de novembre s'étire, avec son manteau de fraîcheur. Au parc Georges Brassens tout proche, arbres et plantes libèrent leurs feuilles et se dénudent peu à peu. Autour du grand beffroi et de son horloge, arbitre du temps, tout ce qui résiste à l'automne finira par échouer contre l'hiver. Et la pureté de la nature semblera alors évidente, une fois débarrassée de ses ornements accessoires.

En bordure du parc s'étire l'ancienne halle aux chevaux, et son marché aux livres, le week-end, où un vent indiscret vient tourner les pages anciennes. Un moulin aux paroles imprimées qui continue d'attirer curieux et passionnés, quelle que soit la saison.

Malgré quelques débordements dans mes rêves, j'ai bien cru que cette histoire était close. Après tout, chacun est libre d'hésiter lorsque plusieurs directions s'offrent à lui, et de choisir celle qui lui facilite la vie. L'affaire était donc entendue. Je suis resté moi-même, fidèle à ma trajectoire de publiciste sans soucis matériels.

Mon index raccourci continue de remplir tant bien que mal sa fonction. Et les oursins malingres ont reflué tout au fond de mes trous de mémoire. Oh ! Je leur ai presque pardonné, même si je revois quelquefois scintiller leur lanterne d'Aristote et que la vigilance demeure.

Avec sa bouche circulaire aux dents crochues, l'animal marin invertébré - de l'ordre précieux des échinoïdes - broute inlassablement la roche, se délecte d'algues microscopiques. C'est ainsi que la race se perpétue. Avec son allure inoffensive, piquants en boule et l'œil en veille, il se laisse dorloter par les vagues. On en oublierait presque le trop-plein de rancœur qu'il concentre en son palais princier, et tout le venin qu'il retient dans ses glandes comestibles.

Oui, bien que les poils de la poitrine continuent de pousser sur la pièce rapportée au bout de mon doigt et me rappellent une menace toujours présente, j'ai pardonné au hasard de nous avoir percutés.

La paisible rue Santos-Dumont scintille dans son décor de soirée lorsque je m'endors. Une nuit profonde de novembre, en semaine. Je dors seul, avide de repos. Et ce matin, la sonnerie du téléphone me réveille avant l'heure. Une voix d'homme, faible et vacillante, presque inaudible. Une personne âgée qui s'est trompée, me dis-je, dans un demi-sommeil. Vous faites erreur, monsieur. Mais la voix mue en une longue plainte, une sorte d'appel à l'aide. Marie... Marie… urgent… J'hésite à raccrocher. Avec un peu de patience, la conversation s'éclaircit. Et je me redresse sur les coudes. Il s'agit de Marise ! Je reconnais le vieil homme du quartier d'Endoume à Marseille, sa voix rocailleuse. La villa de l'infirmier-major. Le guetteur de la ville, immobile sur son banc ! Mon informateur ! C'est urgent, dit-il, c'est au sujet de Marise. Il est essoufflé, les mots sortent en lambeaux. Je revois son visage sec, la tête affalée sur sa canne comme un lézard au soleil. Mais un homme sur lequel on peut compter ! J'avais moi aussi plaidé en faveur de Marise, je lui avais demandé de veiller sur elle. Par son entremise, j'avais gardé l'illusion d'un lien avec elle, et soulagé ainsi ma conscience. Je me souviens qu'il avait de nouveau tapoté mon genou, opiné de la tête. Alors je lui avais indiqué comment me joindre en cas de besoin. Non, il n'avait pas oublié.

Le vieil homme me raconte l'accident de voiture sur les routes de Corrèze. Marise est dans un état grave. On l'a transportée à l'hôpital de la Conception, dans les nouveaux bâtiments. Elle est au plus mal, il faut venir, dit-il, le souffle court. Au téléphone, on dirait qu'il sanglote. J'ai alors un sentiment de compassion et de révolte impuissante. Je pense aussi à sa fille. Dans un réflexe de solidarité, je me convaincs que, s'il reste un espoir, je dois y aller.

Sur la messagerie de l'agence, je signale mon absence pour la journée ou davantage, sans explication. Puis avec seulement quelques affaires personnelles dans un sac de voyage, je me rends à Orly, encore perplexe sur mon rôle mais prêt à tenter je ne sais quoi pour Marise, comme si ma présence seule pouvait l'apaiser. Une sorte de dette à payer peut-être.

Dans le premier avion en partance pour Marignane, je m'interroge encore. Que vais-je faire à Marseille ? Que vais-je dire ? En classe affaires, depuis mon fauteuil confortable à haute altitude, j'ai l'impression d'être projeté comme un corps étranger dans une famille qui ne me connaît pas. Selon le guetteur, le couple ne vivait ensemble que depuis cinq ou six ans, et il n'était sans doute pas uni par les liens du mariage. Peu importe, de quel droit puis-je m'immiscer dans un drame familial ?

J'avais déjà fait revivre sans retenue tous les personnages de mes dix-sept ans. Je me suis appuyé sur eux et sur leurs actes pour chercher une explication aux miens. J'ai compris tardivement que s'il existe une fracture dans mon adolescence et une réponse à trouver quelque part, elle ne peut être qu'en moi-même. Et aussi que tout ne peut s'expliquer. Ma précipitation dans l'âge adulte. La malchance et les événements qui ont déferlé sur moi avec la violence d'une tempête, à l'adolescence. Il m'a fallu réagir, sauver ma fierté, garder la tête haute.

Certes, le cheminement de la vie ne peut se réduire à attendre qu'un rêve s'accomplisse, à ignorer les malheurs et à déjouer les regrets. La route est sinueuse. Les hésitations, le doute se vivent au quotidien, et personne ne peut s'y soustraire. Les certitudes vont et viennent tel un ballet d'oiseaux migrateurs. Et, sans renier le passé, on peut construire de belles aventures sur le présent.

J'en étais resté à ces considérations évasives pour justifier ma fugue des Maures jusqu'à Marseille, et mon comportement erratique qui s'ensuivit. J'avais tout mis sur le compte d'une simple panne des circuits de la mémoire, bloqués sur mes dix-sept ans. Une régression momentanée. Depuis, je continue de remplir à petites gorgées le vase de ma vie et sans forcer mes rêves.

Je redoute maintenant les retrouvailles, les dégâts du temps et de l'accident. Que restera-t-il de son image magnifiée ? Il se peut aussi qu'elle ne me remette pas, qu'elle m'ait oublié ! Après tout, je ne fus qu'une brève liaison de passage dans sa vie tumultueuse. J'étais jeune et timide, encore empêtré dans mes bandages. J'étais presque insignifiant à ses yeux. Et elle ? Est-ce qu'elle a tant changé, au-delà de la mauvaise influence de son conjoint, semble-t-il ? Le vieil homme sur le banc lui a-t-il parlé de moi depuis ? Au moment de toucher le sol à Marignane, je doute encore de l'intérêt de ma venue.

Une impression de renaissance

Le taxi se faufile dans les rues étroites, et je ne peux m'empêcher de repenser à mon arrivée pathétique à Marseille aux côtés de ma mère, ma valise en carton sur les genoux. Mon ignorance de la ville et de ses coutumes, des hôpitaux et de leur univers pittoresque, nappé de détresse et d'attachement. À ce moment-là, ma blessure, initiée par de simples épines d'oursins, avait déjà pris trop d'importance dans ma vie. Elle m'aveuglait. Aujourd'hui, elle m'apparaît si dérisoire comparée au danger qui menace Marise !

Alors que l'on approche de l'hôpital de la Conception refait à neuf, je cherche à reconnaître les rues qui s'y jettent. Curieuse situation que cet élan irréversible ; un courant m'entraîne vers un amour lointain qui se débat contre la mort entre des murs à peine sortis de terre, sans songer, un mois plus tôt, qu'ils serviraient de décor à nos retrouvailles, et que ma précédente visite était une sorte de repérage des lieux. Avec, en ce moment critique, l'illusion fugace de retrouver un amour remis à neuf, à l'image de l'hôpital !

L'arrivée dans le nouveau service hospitalier me met face à une première désillusion. Monsieur, me dit-on, vous n'êtes pas de la famille. L'état de santé de la patiente interdit les visites.

Je regarde l'infirmière droit dans les yeux, avec sévérité et une colère qui monte. Elle n'était sans doute qu'une enfant lorsque je parcourais les galeries du vieil hôpital, le plan détaillé en tête. Et la cour centrale battue par les vents, un désert sombre où venaient mourir les pensées les plus funestes. Je pourrais lui dire que je suis un ancien des lieux, un membre du clan de Paulo et Nightingale. Un vétéran ! Six opérations chirurgicales à mon actif, cela me donne des droits ! Elle a des yeux bleus tout ronds, remplis d'une innocence émerveillée. J'insiste. Je suis un vieil ami de Marise et je viens de Paris exprès pour la voir. On ne peut pas me refuser ça ! C'est inhumain.

La jeune femme a un moment de flottement. Enfin son regard fléchit. Elle appelle un supérieur. Elle parlemente. Elle explique mon cas. Et elle m'obtient un quart d'heure de visite, pas plus affirme-t-elle d'un air vainqueur.

Les murs blancs et lumineux des couloirs aveuglent le visiteur. De prime abord, on pourrait se croire dans un lieu de villégiature, dans l'attente d'une inauguration ou de festivités. Marise est là, dans une chambre particulière, sous perfusion et contrôle cardiaque. Ses battements de cœur recopiés sur l'écran. J'aperçois sur le lit sa chevelure en désordre autour de son visage. Le dessin de sa bouche et de son nez, ses fossettes. C'est bien elle ! À peine un peu vieillie. L'émotion me paralyse et je retiens mes gestes. Puis, je me penche en silence. Elle respire à peine. Ses yeux grands ouverts sur le vide captent lentement ma présence. Je lui prends la main : Marise, c'est moi. Tu te souviens ?

Ses yeux bougent un peu, cherchent à se raccrocher à une présence, peut-être à ma voix. Je contemple sa face exsangue, figée comme une photo triste, les traits à peine marqués. La pâleur affligeante de sa peau ; on dirait qu'elle s'éloigne de l'agitation du monde. Pourtant, je reconnais celle que j'ai serrée dans mes bras. Il ne lui manque que les étincelles dans le regard, son air provocateur, et tout pourrait recommencer comme avant, dissiper ce mauvais rêve.

Des minutes de silence nous unissent. Et soudain, dans un effort surhumain, elle remue les paupières et tourne son regard vers moi. Je lui tiens fermement la main. Tu te souviens, dis-je encore faiblement. Nos sorties de l'hôpital en cachette. Ses lèvres grises tremblent. Elles ont perdu l'énergie et le réflexe du sourire. Pourtant un souffle sort de sa bouche. Je me rapproche davantage. Elle parle ! Les mots viennent de très loin, des mots longtemps macérés dans l'intimité du corps et arrachés à la souffrance. Des mots endoloris, presque inaudibles. Toi ? dit-elle... Enfin... depuis...

Et une terrible boule se forme dans mon ventre, un poids déchirant de culpabilité. Oui, pourquoi ai-je tant attendu ? J'embrasse sa joue froide. Je serre encore plus fort sa main. Je me retiens de lui dire que ce rôle ne lui va pas, que la plaisanterie a assez duré et qu'elle est faite pour vivre, pour brûler la vie à grand tirage. Il me semble que ses yeux me sourient depuis le refuge de nos jours heureux, un sourire retenu depuis dix-sept ans. Notre souvenir a tenu bon ! Il ne peut plus disparaître. Va-t-elle tout perdre bêtement alors que nos mains sont de nouveau jointes ? Une lueur de bonheur affleure sur son visage épuisé, comme un léger frémissement qui disparaît aussitôt.

Maurine... elle... est... me dit-elle. Trois mots précieux, rattrapés de justesse avant qu'ils ne tombent dans un vide abyssal. Des mots trop vite orphelins, évacués dans un râle, puis sa bouche se recroqueville, comme si l'effort avait eu raison de sa réserve de forces. Ses yeux s'immobilisent et sa tête bascule un peu. J'agite brusquement sa main, comme pour la ramener à la vie. Marise ! Marise ! Parle-moi encore...

Je ne sais plus que faire. Sur l'écran, le signal s'est aplati. Une sonnerie se déclenche, une alerte stridente se répète plus loin. Quelqu'un vient à notre secours. Je relâche sa main froide. Des pas rapides dans mon dos. Une infirmière suivie d'une jeune fille qui secoue les épaules de la mourante et crie : Maman ! Maman !

Je me souviens alors que quelqu'un attendait au fond de couloir, recroquevillé sur une chaise. Sa fille était là aussi. Je l'avais à peine aperçue dans mon empressement. Et d'autres pas se mêlent dans la chambre. Une seconde infirmière écarte brusquement Maurine et tente les gestes de la dernière chance. Même si je ne veux pas y croire, je comprends qu'il est déjà trop tard.

La jeune fille en pleurs se blottit dans les premiers bras à sa portée, dans un geste de désespoir. Je remarque qu'elle pourrait bien avoir environ seize ans. Et quelqu'un est là pour partager sa peine, un inconnu qui aime sa mère ; elle le sent. Je la serre doucement contre moi. Elle n'a pas encore l'âge de Marise lorsque l'on s'est connus, mais la même vitalité, son allure et ses gestes ; à tel point que je ne sais plus qui je tiens dans mes bras. J'ai l'étrange impression que Marise vient de nous quitter pour revenir aussitôt, rajeunie et vive comme autrefois, lors de nos échanges intemporels plus beaux que le jour. Ainsi la vie résiste-t-elle à l'absence.

Maurine s'abandonne contre mon épaule. Elle sanglote. J'ai envie de lui dire que ce qui arrive est de ma faute, je regrette ma longue absence. Mais tout peut recommencer comme avant. Un signe de sa part suffirait. Elle se débat contre le chagrin, contre ma poitrine. Elle chuchote entre deux sanglots : ce n'est pas possible, non ! Pas possible... Sans que je sache à qui elle s'adresse. Je lui réponds avec une infinie tendresse : sois courageuse, ne pleure pas, je suis là.

Elle me repousse alors, le buste raide, réalise qu'elle s'est jetée dans les bras d'un inconnu. Sur sa main droite qui s'éloigne dans un lent basculement de rejet, il me semble entrevoir une nuée de points noirs, à peine perceptibles sur ses doigts d'adolescente. On dirait… Je saisis sa main et l'examine. Elle a une expression de douleur mélangée aux larmes. Et sur son visage triste, quelque chose me surprend. L'air égaré, le regard fuyant. Son âge et son parfum sauvage. Nul doute que la petite fille a grandi trop vite. Une jeune femme sans mémoire, ballottée dans l'océan trouble de la ville jusqu'à trébucher comme moi sur un nid d'oursins. Fatale destinée !

Cette fois, c'est moi qui la prends dans mes bras, et la retiens. C'est moi qui pleure la mort et la renaissance simultanée. Elle ne réagit pas. Je pense alors au soulagement de sa mère lorsqu'elle m'a reconnu, à son dernier souffle. Sans doute n'a-t-elle pas eu le temps de me dire son secret. Mais son testament amoureux inachevé se transforme en un immense espoir.

Peut-être Maurine saura-t-elle me le dire autrement ? Sa respiration appuyée sur ma joue est déjà un début d'aveu, tandis que l'affection lentement nous enlace.

Des perspectives

Ainsi, l'automne avait tendu son linceul aux quatre coins d'une chambre de Marseille où un cœur s'est refermé trop tôt. L'amour de Marise, arrêté en plein élan, n'était donc pas un leurre. C'était du moins ma perception, tout autre obstacle mis à part. Dans le silence qui nous a rapprochés quelques instants à l'hôpital, j'ai compris qu'il survivait encore, et j'ai promis de soigner Maurine, d'extraire de son corps et de son esprit toutes les épines qui pourraient lui empoisonner l'existence. Et je songe déjà à ce qui m'attend.

Avant de quitter la cité phocéenne, nous avons échangé nos coordonnées avec la jeune orpheline, très simplement, comme si c'était une évidence. C'est à ce moment précis que j'ai saisi dans son regard une lueur de confiance qui m'a encouragé. Et si elle a dans ses veines l'énergie de sa mère, elle surmontera les épreuves qui l'attendent. Ne m'a-t-elle pas avoué être passionnée de sport, de pêche sous-marine, et attirée par des études littéraires. Pour le moment, elle est en classe de première, à Marseille.

À l'issue de mon repentir amoureux et des obsèques, je regagne Paris. La ville est immense, on peut y noyer son chagrin en solitaire.

Sur mon répondeur, j'ai un message de la maison d'édition. Le lecteur que j'avais rencontré me demande de l'appeler. L'auteur du « Testament amoureux » accepte de me recevoir dans son repaire au milieu des bois. Il regrette de n'avoir pas tenu sa promesse d'antan. Il m'appartient de rappeler et convenir d'un rendez-vous. Je souris, car finalement je connais déjà toute son histoire, sa traversée de la vie, son amour exclusif d'une femme, ses choix artistiques…

Pour moi aussi désormais, tout est possible, tout est permis. Nul doute qu'il m'avait manqué le culot et la désinvolture de Marise pour aller jusqu'au bout de mes rêves. L'horizon s'éclaircit dans ma tête.

Je devrais pourtant me satisfaire du métier de publiciste qui nourrit correctement un homme. Je me suis frayé un chemin honorable dans la publicité et le marketing, avec quelques éclats de créativité, mais aussi avec l'impression désagréable d'un métier ronronnant comme un poêle dont on entretient fidèlement la flamme, et qui projette par moments des étincelles. On trouve cela normal, car on n'en attend pas moins d'un feu vivement entretenu. Mais la passion, c'est encore autre chose. C'est comme l'incendie, imprévisible et dévorant, soit il emporte tout sur son passage et repousse les limites, soit il s'éteint à petit feu. Peut-être qu'à trop côtoyer les incendies à mon début de carrière, à les réduire à de simples reportages dans les journaux, j'avais laissé mes projets les plus intimes se consumer à mon insu, tandis qu'un écran de fumée tout autour m'empêchait de les regarder en face.

Je me laisse envahir avec délectation par ce courage qui grandit en moi et qui tend les bras à mes envies profondes. Je savoure ce moment d'éclosion qui atténue un peu la douleur d'une perte encore si accablante. En ouvrant par hasard la carapace épineuse de mon passé, j'y ai trouvé la déception d'un grand rendez-vous manqué avec Marise, mais aussi une perle au doux prénom de Maurine, telle une nouvelle étoile qui brille de mille espoirs.

Mais je me dois de rester vigilant et la protéger à l'avenir de ces milliards d'oursins répandus aux points sensibles du globe, et qui reviennent encore dans mes pensées avec la force de la marée. Ils nous observent en silence, ils recueillent nos désirs en douce. Ils tiennent un rôle de mémoire, et le registre de notre vie. Ils festoient sur nos flancs. Oui, les oursins tricotent et détricotent nos jours à notre insu, dissimulés sous les teintes changeantes du ciel et des océans. Ils épinglent les plus faibles et les imprudents, manipulent les aiguillages et disposent de nous à leur guise. Parfois, ils nous font trébucher et d'autrefois nous remettent sur la bonne voie.

Maurine m'avait confié sa passion de la lecture. Une fois instruit par ma rencontre avec l'écrivain expérimenté et par ses conseils, je lui recommanderai des livres. Et je rendrai le livre blanc, révélateur de ma destinée, au journaliste agressé, un livre relais qui lui portera chance.

Avec enfin le courage de m'aventurer seul en littérature, nul doute que je prêterai davantage attention aux murmures fraternels et comploteurs de la ville, que je saisirai les tremblements des sentiments sur les lèvres des gens pour en faire des personnages de roman. Et en journaliste avisé, je glanerai bien quelques piges de temps à autre, au gré des journaux.

Il n'y a pas à dire, je tiens là une belle cognée de raisons pour faire enfin le chemin à l'envers, car ma décision est prise. J'ai rédigé ma lettre de démission adressée aussitôt à mon employeur. Fort de ma cagnotte patiemment constituée, je m'installerai à Marseille, au plus près de Maurine.

Enfin ! Je m'engage à fleurir chaque jour le vase à l'entrée de l'appartement. Le bonheur ne le quittera plus.